海底辦公室

天堂潛水員日誌

章英傑 著

推薦序一

　　數年前泰國政府旅遊局（香港）推出了一個名為「泰‧程‧尋——上山下海之旅」，一個嶄新的旅遊概念，希望透過專業攝影師鏡頭下所捕足到的美麗畫面，呈現給大家不一樣的泰國。

　　「泰‧程‧尋」中的水底世界部份，便是由水底攝影師「天堂潛水員」Jason 操刀，帶大家跳入驚險好玩的泰國灣水底世界之中。這趟充滿刺激快感的旅程，打開了鮮為人知的泰國水底夢幻秘境，給觀眾們感受到泰國水底世界的多樣性。自此 Jason 便和泰國的水世界結下不解之緣，我們一起解鎖美麗的泰國海底世界，潛進沉睡多年的海底軍艦、欣賞龜島絢麗色彩的珊瑚、和斯米蘭郡島的豐富海洋生態。

　　同時 Jason 與泰旅局一同積極推廣海洋保育的活動「Upcycling The Ocean Thailand」。在享受潛水或浮潛同時，遊客可順道執拾水中的垃圾，這些垃圾更會回收並循環再用製成物料。計劃的另一部份是培植珊瑚，由研究專員檢查及研究珊瑚生態，並將新培植的人工珊瑚放到海中讓其自然繁殖，讓漂亮的海底世界得以重生。未來泰旅局將推出更多保育海洋的計劃，與「天堂潛水員」一同鼓勵所有熱愛海洋的朋友，成為最大的擁護者，保護我們心愛而又脆弱的海洋。

　　在過往多次的潛水旅程之中，感謝「天堂潛水員」的教練團隊充份表現了專業的潛水和攝影技能，並協助其他潛水同伴安全同行。畢竟潛水是一項專業的運動，與擁有相同專業態度和熱愛海洋信念的同伴一起享受，才能體會當中的樂趣。

　　最近拜讀了霍金教授的最後一本著作，裏面提到「激發潛能需要火花，而火花這東西多半來自啟蒙老師。」願「天堂潛水員」的教練們能啟發和培育出更多專業的潛水員享受海洋，熱愛海洋，珍惜海洋。

泰國政府旅遊局（香港）局長

Naparat Vudhivad

推薦序二

絕美的海底生物風貌，絕對是台灣最秘藏的美景！

因為優越的地理位置與海洋環境，台灣整個島嶼雖然佔地球總面積不到萬分之一，但海洋生物種類多樣性高達全世界十分之一多，擁有世界各地都稱羨的繽紛海洋生態！

旅行台灣，陸上水下都精彩！

Jason 長年關注海底世界，以潛水尋找新挑戰，欣見《海底辦公室》的出版，台灣觀光協會香港辦事處很榮幸能參與Jason「寶島之下」一場歷經 24 天、38 次下潛的台灣環島潛水之旅；跟著 Jason，到距離繁華台北市區不到一小時車程的東北角龍洞，體驗孕育台灣潛水員的搖籃海域；到最悠遊自在無拘束的綠島與蘭嶼，擁抱台灣「最藍」的水下美景；到海龜天堂——小琉球，驚艷 99% 遇到海龜的機率；到台灣海峽最閃耀的明珠、被讚譽為「上帝的石雕公園」的澎湖群島，遇見宛如徜徉童話世界的海底「薰衣草森林」；到避暑度假勝地墾丁，來場撞見珊瑚礁產卵爆發的水下「雪景」。

因為 Jason 的「寶島之下」，讓台灣觀光協會香港辦事處結識了優

秀的香港潛水愛好者，啟動了我們探索、規劃及推廣台灣潛水旅行的序章，並合力完成「潛行台灣」，系統性的介紹台灣潛點及岸上景點，成功的讓香港朋友重新認識原來近在咫尺的台灣，還有如此令人驚豔的水下旅行值得再次探索！

Beneath Taiwan，Beyond Dive. 潛行台灣，觀迎一起和天堂潛水員來台灣體驗！

台灣觀光協會香港辦事處

推薦序三

你有夢想嗎?

Okay,你有。那你有試過 go completely out of your way,就只為了自己的夢想嗎?

在香港這個越來越不鼓勵 self expression 的地方,講夢想不止奢侈,還可能很可怕。你需要龐大的勇氣、撇脫和自信,更需要在制度容許的狹縫中不停碰壁前進。這些年,在香港自立門戶搞潛水的人基本上都是講夢想的,教一個 course,租這租那七除八扣,又要和學生安排這安排那,付出和收入很多時候都不成正比,成為密友要帶着愛,在香港教潛水絕對需要對夢想那份偏執的愛。

我知道這些,因為我除了拍旅遊節目,也算是半個潛水人。好啦,我不是潛水教練,之前考到 DM 之後就再沒考上去,但我曾經搞過潛水平台,每次拍節目都會自加潛水環節,也參與過幾個旅遊局的潛水 campaign,我和 Jason,就是從幾年前台灣觀光局一次環島潛之旅認識的。當時一班人嘻嘻哈哈,每日潛三、四次,玩住做、做住玩過了十幾天,好開心。在我腦中,關於 Jason 最深刻的記憶點有兩個:一是他身為一個理應潛水當食生菜的教練,上水後出奇地極度怕凍和怕曬;二就

是他永遠從容幽默的狀態，閒談好，工作好，他總會不時彈出一兩句令你發笑，記得台灣 trip 某個下午，我潛完水吃餅還是甚麼的，覺得好好味於是忍不住大讚，他很 matter-of-fact 地回我：「係呀，潛完水食屎都好食㗎。」我沒有防備下，笑了好久。

好笑，因為細思極真，潛完水，真係屎都好好食。

從此之後一直覺得，他就是個好 chilled 的人，潛水人嘛，多數都這樣，玩世又 carefree，直到我有日遛他潛水學校的 IG，我改變了這個想法。嘩，原來這個人日日都有新 post？

真的，直至我寫這篇序的今日，他的 IG 長期保持住每日一 post 甚至多過一 post，每個 post 都是新相或新片，底下再有課程資訊和各式各

樣的優惠 update，有 manage 過 social media 就知道，這是 dedication。

然後我發現，彷彿大大小小和潛水有關的場合都會見到他的身影，這是 dedication。

寫書痛苦，但潛水書寫完一本又一本，是 dedication。

明明又怕凍又怕曬，但仍然選擇去做潛水教練，絕對絕對是 dedication。

輕鬆幽默的背後，Jason 是個很 dedicated 的潛水教練，所以他在香港實踐起自己的夢想來，比很多人來得更成功。

揭開這本書，看看他如何為自己的潛水生命，由零生出一個前無古人的潛水計劃，努力發掘鮮為人知的潛點；又看看他如何從在世界各地的潛水經歷，拼砌出自己精彩多樣的水底拼圖；更要看看他如何積極尋找不同奇怪機會，在潛水世界中開拓自己的一片天。這是一本講潛水的書，更是一本講「努力」的書。

夢想多數不會從天跌下來給你自動實現，但可以靠自己一手一腳無中生有起來，中間還可以酌量保持幽默，在現今這個大時代，這種 message 很重要。

話時話，我哋幾時先再有機會可以一齊外潛？

旅遊達人

梁彥宗

推薦序四

　　Jason 曾經是我的潛水教練，我們早在他於澳洲 working holiday 已認識。看着他之後到馬爾代夫當天堂潛水員，當教練，再培訓教練，出書、出團、到埃及紅海找二戰沉船，找旅發局合作，辦保育等，他從來不空談，一步一步實踐計劃的執行力令我拍掌；且每次跟他傾談時總接收到一份永遠向着前的動力。

　　從他的文字當然可以看到水底的精彩，同時又令我感受到他在陸上的步伐，邊讀邊沾上力量！如他，你有多勇敢嘗試離開舒適圈，你就能走得多遠，潛得多享受！

叱咤 903 西加航空主持

謝茜嘉

自序

可能大家在細閱《天堂潛水員》第一冊之後，會想這個人會堅持多久？可以堅持多久？繼續他的潛水事業？或者是轉行了？

還是夢想終歸夢想，夢醒過後回歸現實呢？

老實說，首兩年我是慳着過活，勒緊褲頭的那種，也有馬死落地行找兼職工作，但不同的是誓要找一些非潛水的事不可的工作來維持我的潛水生涯，既然如此倒不如找一些關於潛水的兼職工作。沒薪水的我試過大量，只有車馬費的我也試過，豐厚的當然也有過，嘻嘻。

先說前者，因為潛水我愛上攝影，我試過自薦找各地的旅發局做拍攝，做宣傳。在 2016 年我終於第一次受到海外的旅發局邀請，希望我到當地為大家介紹潛水——令人難忘的毛里裘斯！這次經驗後我發現原

特意飛往台灣見證《天堂潛水員》開賣的第一天

來為其他國家或地方介紹潛水亦變成我的工作之一，除了為我賺回一次旅行的機會，也算是第一次帶團以外的公幹，亦為我打開往後接洽不同類型的潛水工作的一扇門。我總覺得經驗是需要累積的，可能就是有了毛里裘斯，才有泰國、才有台灣這些機會。

話說回來，這些機會，也不會從天掉下來給你的。我沒有大明星的光環，沒有經理人替我找工作，我只好每天找線索、找有關的 email 詢問，有所不知，Gmail 的電郵系統每天只可以讓你發出大概 100-150 個電郵左右。

有些事，就是當你試過就懂了。

旅行，對於現在來說是一個非常非常非常奢侈的活動。差不多兩

年沒有旅行過，大家由第一次接觸「旅行」後應該也沒想過當生命缺少旅行有多恐怖。根據世界銀行和世界旅遊組織由 2007 年到 2016 年的資料顯示，香港平均每年每人有多達 11 次之多的外遊記錄（不包括出境讀書及經商），其次是盧森堡，有 2.5 次，差別之大或多或少能反映香港人壓力之大，一有機會便會出國旅遊放鬆一下。不過與此刻相比，都不禁覺得這個次數有點「離地」。疫情前，大家每年都會忙着為自己安排兩、三趟旅行。無時無刻研究假期攻略，盤算着怎樣用最少的假期去最長的旅行，想着去甚麼地方度假，不論遠近，哪怕只是近如澳門。

若果睡眠為我們修復身體，好好的面對明天；旅行便為我們修復心靈，好好的面對生活，都是必須的。旅行對每個人來說都有不同的意義，可能是為了緩解工作上的壓力，調劑身心靈；可能是為生活帶來更繽紛的色彩，體驗不同的生活；而對於我，旅行開拓了我的視野，給予我機會嘗試不同的事，亦為我帶來潛水事業的契機。

很多人都有幻想過「旅遊」可以成為自己的職業，再加上自己的興趣，造就心目中的「夢想工作」。可幸的是，今天我正正擁有我心目中的「夢想工作」，但誰都不知道這份工作也是自己辛辛苦苦塑造出來的，可說是「度身訂造」。

在馬爾代夫工作期間，我遇上來自不同國家的朋友，上至管理整間酒店的總經理，下至打掃房間的小職員，都是來自不同的國家，有瑞典的總廚、有俄羅斯的前枱員工、有法國的技工、有斯洛文尼亞的瑜伽

教練等等，其中有離鄉背井到當地打工的全職員工，也有體驗或實習的兼職員工，而我最羨慕的就是當中的「快閃」員工，只會暫住數天，短則兩三天，長則兩星期，他們的工作都是為了一個目的，在旅行中體驗，來去匆匆。比較意想不到的工作是我接待過的中東旅行家族，因為我打工的酒店算是超高級度假酒店，入住的客人也是非富則貴，他們亦如是，而且他們也很喜歡三五成群，幾個親朋戚友一起出國度假，便會聘請一個像是管家的人為他們打點一切，享受不用思考的旅程，除了本來的工資外更會支付其管家在行程中所有費用。

每個人都因為不同的工作原因踏上旅程，我終於明白到原來世界是可以以不同的方式遊歷，原來世界上有很多人也擁有「夢想工作」，卻並不是屬於或適合每個人的，而且不是唾手可得。這一刻的我更清楚「夢想工作」需要個人化，要隨着自己的能力、興趣和環境而創造出來，總不能隨波逐流。

2015年回港後，我決意一步一步打造一個屬於自己的「夢想工作」，便開始建立自己的潛水中心，讓海底成為我的辦公室。這幾年來我總是忙東忙西，身邊的朋友都不明白，明明是潛水的淡季，為何我仍是這樣忙呢？會再執筆寫下《海底辦公室——天堂潛水員日誌》其中一個原因就是希望讓大家窺探一下在香港以潛水作為事業除了教學外到底還有甚麼有趣之處，海底的辦公室有何魅力令我堅持不懈，也希望鼓勵大家嘗試建立你的「夢想工作」，找到屬於你的辦公室。

目錄

CHAPTER ONE　既是工作，也是遊歷

既是工作，
也是遊歷

遲了五年出版的一章

　　台灣，一個距離香港航程兩小時以內的一個地方，被太平洋四面包圍着。面積大概 3.6 萬平方公里，是世界第 38 大的島嶼。論面積雖不是名列前茅，但台灣人民所需要的一切都能自給自足，不管是陸地上的，海洋裏的，應有盡有，其沿海的地形海拔變化頗大，亦處於熱帶與亞熱帶之間，它的自然景觀與生態資源順理成章亦相當豐富。台灣風景秀麗，當中有的阿里山、陽明山、清水斷崖、日月潭、鵝鑾鼻等舉世聞名。後來更有人為這個島嶼命名為——寶島，美指一個物產豐富藏滿寶藏的島。台灣

寓工作於娛樂

陸地上的資料從書本上或網絡上都輕易得到，唯獨寶島的海底資料是少之又少，更未有人大幅提及過。

用我得到毛里裘斯的工作旅行機會為經驗，我決定向台灣下手，繼續追尋我的「夢想工作」，我打算以潛水為主題去一次台灣。

在這個資訊世代，若果不夠特別去求贊助是必定泡湯的，而我希望一擊即中。思前想後，最後決定就是——環島。環島對我來說也算是一個小心願，自 2009 年第一次到台灣旅行時，我心裏默默有了一個環島台灣的心願，但當時這個心願也僅在幻想階段，而往後幾年也因不同原因到訪台灣，旅行、拜訪老朋友、潛水，為了出版第一冊的《天堂潛水員》屈指一算也有六、七次之多。我對台灣環島的心願隨着每一次到訪也逐漸加深起來，但心願終歸心願。實行時亦需要天時、地利、人和等各方面的配合。而且強大的動力也是必須的，適逢這次的計劃，便大膽一試提出，算是完了自己的心願。

今時今日已達成環島之旅的人可能已經多不勝數，大家都懷着不同的理念，以不同的方式繞着寶島旅行了一圈。有的是為了嚐遍整個台灣的美食，有的想在旅途中了解當地的風俗文化，有的為了挑戰自己開機車環島一圈，又有一些攝影發燒友是為了拍盡台灣的所有美景而環島，現在更普遍的是以騎單車方法環島，看看自己的實力和極限。即便如此，相信大家目的其實也只有一個，就是拼盡全力完成各自的心願。

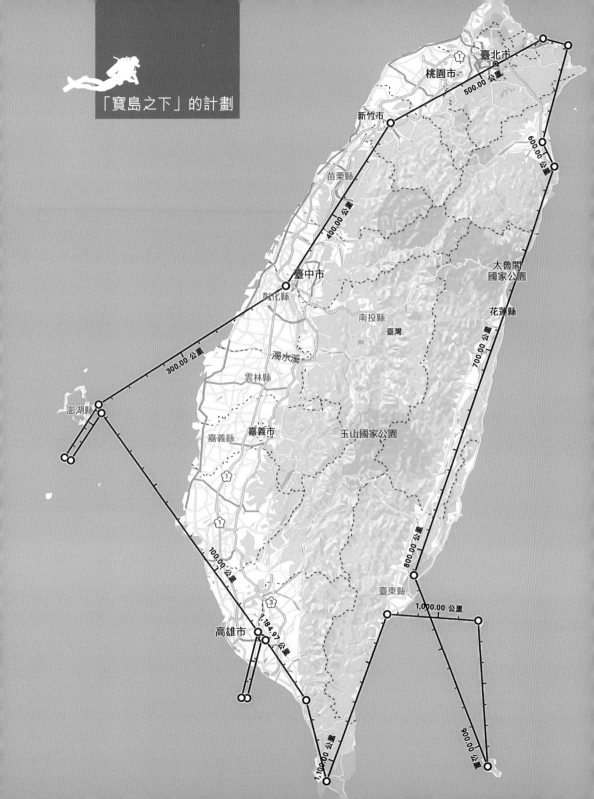

「寶島之下」的計劃

以潛水環島，我命名為「寶島之下」。我想是一個非常創新而又熱血的概念，我急不及待翻起整個網絡，看看有否前車可鑒，結果是無人嘗試過的，若然能成功亦算是第一個以潛水為主題而環島的人。這份好奇及驕傲當刻轉化為一股動力，連帶一股足足儲了七年的推動力。

「寶島之下」計劃如下：

首先將整個台灣劃分為八個環島站，從香港出發，最好就是直航到台北或高雄，因為行程太長，所以決定出發前先到高雄探望一下老朋友後才出發，鎖定小琉球為環島潛水的第一站，考慮到交通問題往後決定順時針走，第二站順理成章到訪有名的澎湖，第三站為台中當時準備開放的「潛立坊」，第四站便是香港人最常去的台北，之後是我最難定的一個潛點。因為要在台北去台東中間找一個有意思潛水的地方是相當困難的，在搜集資料中除了台北的東北角之外，數下去最近要在綠島才有潛水相關資料，但是路程覆蓋四分之一個台灣，如果就這樣草草了事的話就好像沒有甚麼特別可言，最後在千挑萬選之下，我選擇了宜蘭的蘇澳鎮為第五個環島潛水站。剩下來的就簡單多了，幾個潛水熱點，蘭嶼、綠島和墾丁，成為我的第六、七、八站。

路程定好後緊接着便要找贊助、聯絡潛店、安排交通和住宿。為了令旅程更豐富，我還安排了其中由台中開始到台東的路程都是自駕遊，十分期待！用了差不多兩個月草擬好計劃書，就逐一發到各潛店及

「寶島計劃」從香港出發

飯店，驚喜的是，差不多我挑選的，尋求贊助的都一一答應贊助其潛水的部份，記憶中好像未有潛店拒絕過我的計劃，而且沒有甚麼要求，二話不說地答應了，有些還說到要承包我的住宿，大概都是台灣人吧，太熱情了！

最後我還一併發出了一份詳細的計劃書到台灣觀光協會香港辦事處，希望得到甚麼幫忙也好。怎料一日後，應該說是 24 小時內就收到回覆了。一個用普通話打來的電話，當時我還以為是內地推銷樓盤的電話，也沒有在意，直至她們說是台灣觀光協會香港辦事處打來的，我頓時才記起前一天的電郵，效率那麼快，而且更驚訝的是她們還直接問我，有甚麼可以配合，可以隨便討論，可以做到的都會幫忙，還定了個會議在他們辦公室，兩日後見面。掛線後，我還問自己是否在做夢，短

短的 24 小時加一個 5 分鐘對話,十分爽快,大概這都是因為台灣人吧。

當然,我的計劃也得到他們的支持,並主動提出當時我最擔心的開支費用——機票,還説會用協會的名義去幫我把所有的機票都訂好,而且行李重量也會是最多的,叫我放心做好專業的事就好了。這句説話真的太令人振奮了,不單止減輕我超大的負擔,更重要的是,有了他們支持就好像得到一個認同,一個肯定般,可以説是出發前的一支強心針。

經過千千萬萬次的修訂,最後計劃訂了,2017 年 3 月 31 日從香港出發,4 月 23 日回到香港,一共 24 天的環島潛水之旅。

出發前一個星期,我開始收拾好差不多一個多月的必需品,潛水裝備佔上一半以上重量,簽證也早早辦好,順帶一提,以前的「中華民國台灣地區入出境申請書」即大家所謂的台灣簽證,當中需要填寫職業,在我辦過不同地方的簽證經驗裏發現,只有台灣這個地方是可以給你選擇「潛水夫(Diver)」的,對我這些以潛水為職業的人,頓然感覺得到一份尊重及認同。臨行前我緊張得要死,好多事情明明已訂好,但總也擔心有甚麼遺漏,反覆檢查多次,行李裝好又翻出來覆檢多次,日程背得滾瓜爛熟。可能只有我一個人着急,其實從來沒有人會有期待過甚麼,甚至可能想不清我要環島加上潛水是為甚麼,又不是要當真人 Show,又不是要當 Youtuber,更不是要籌款,其實連自己都不清楚,但心裏就只是想做一些關於潛水很厲害的事,那些前人沒做過的事。

寶島之下
—— 99% 遇到海龜的體驗

出發。

一個 60L 大背囊加上一個大型旅行箱，出發當日早早就到了機場，心情反而放鬆了。

第一站是高雄一個老朋友的家，他是一個我在台灣背包旅行而認識的朋友，也是潛水教練，周邊的人都稱他為「大哥」。每一次到高雄我都會找他，這次遠征也都不例外，一下機就拜訪他，果然不出我所料，他早早就幫我打

揹上一個 60L 大背囊加上一個大型旅行箱出發

第一站是高雄一個老朋友——「大哥」的家

點好一切，小休一晚的我輕鬆多了。

　　第二天我早早出門到東港漁港，東港渡船碼頭是坐船到小琉球的地方，以我分析過台灣幾個外島，最方便的就是小琉球了。東港渡船碼頭基本上差不多一個小時就會有一班船到小琉球，繁忙時間更會加開班次，要注意當中分開公營及民營兩個單位運作，它們靠泊在小琉球不同的碼頭，民營交通船停靠白沙尾港或大福漁港，公營船停靠大福漁港。當日是星期六，天氣非常之好，船上都擠滿了乘客。30分鐘左右，我們到達了！當時是我第一次踏足小琉球，太陌生了導致有點手忙腳亂，

這天趁着有時間便到訪小琉球最標誌性的景點──「花瓶岩」

　　幸好通過電話聯絡上潛水店的人，一陣子就有人到來接應。小琉球不大，面積大約不到三個長洲的大小，開車從大福漁港碼頭到「蜂潛水」大約幾分鐘，到達時候已有點晚，潛水便安排在明天，這天趁着有時間便到訪小琉球最標誌性的景點──「花瓶岩」。它本來是珊瑚礁石，被地殼隆起時抬升了，然後頸部至底部都因為長期受到海水的侵蝕引致上粗下幼，遠觀看似一個插花的花瓶而被名為花瓶岩。由於週末，這裏人山人海，所以欣賞了到達後的第一個日落後便回去休息了。

　　屏縣環保局長魯台營曾表示：「小琉球可能是全世界海龜密度最

高，也最容易觀察海龜生態的島嶼。」明天潛店老闆 Chris 會親自招待我，安排了一次岸潛及兩次船潛，因為他說就要證明給大家知道在小琉球是怎樣潛水都可以看到海龜，就讓我體驗一下 99% 遇到海龜的傳聞是否真確！

晚上帶着期待遇見海龜的心情早早睡着了。

第二天，我一早到潛店準備及檢查好潛水的裝備，靜待 Chris 的安排及簡報，他一臉日本人的外表，不知是否多年在日本打滾潛移默化的影響。這次岸潛會跟他們的客人一起的，Chris 打點好一切，就跟我們做當天潛水簡報了，花瓶岩就是我們的潛點。另外他也預告我們，海龜的出現率真的是非常高的，隨時都會出現，也有可能會是多於一隻同時出現，大家都不禁流露出笑容。雖然海龜對我來說並不陌生，但是能夠同時遇到幾隻也是十分難得的體驗。最後他還千叮萬囑我們遇見海龜時千萬不要對牠們作出騷擾，其一是免得破壞生態，另外是萬一被人發現及拍到證據，當地海巡署會重罰台幣六萬到三十萬的，萬萬不要以身試法。

我們一行四人開車到花瓶岩下水處附近，星期日的遊客是昨天的幾倍，基本上無插針之地，放眼過去沒其他潛水員，也許潛水旺季還未到。我們逐一從貨車尾處背好裝備，一邊繼續聽從 Chris 的補充，他輕鬆地指向水面說：「其實不用下水在陸上都總有機會看到海龜的，你

看。」我們好奇地跟着他指着的方向，果然是 99% 的遇見率，只站在岸邊都看到一、兩隻海龜到水面換氣，我想這景象除了小琉球外暫時再找不到了。我覺得在台灣岸潛是比香港困難的，因為台灣是由幾塊板塊擠壓而隆起的一個島嶼，周邊岩石大多都像花瓶岩似的長期受到海水侵蝕而形成一個一個大小不同的洞，由岸邊行到入水區也有一段距離，而且若不小心踏進大小不同的海蝕洞會令你失去平衡，成個人絆倒在潮間帶，狼狽之餘也危險，大風大浪時更甚，所以最好都是跟着教練一步一步走。

1，2，3，下潛了，能見度就是預期的好，大概是 15 至 20 米左右。不到十分鐘，我們「又」遇到海龜了，牠大概是在睡覺，眼睛也閉上了，我們有點興奮，但 Chris 示意我們都不要上前打擾了，以我經驗判斷，一定有更精彩的在後面。我們繼續前進，二話不說，1、2，不止，總共三隻海龜在我們視線之內，兩隻在珊瑚邊咬噬着海草，一隻在我們不遠的距離盤旋着，當然「打卡」都是必須的，我們幾個互相幫忙拍照，又自拍，當時心想，其實我們跟水面花瓶岩的遊客沒差別，只是一水之隔，分別在水中沒有擠擁，不需要排隊，更好的是我們跟「景點」還可以互動，在海底多好呢。事實上，我們在水底沒有多游太遠，因為大部份時間我們都在跟海龜拍照，觀察牠們，差不多 45 分鐘就回到水面了，大家都滿意非常！在小琉球當教練很爽，給學生海龜就可以玩半天，在香港當教練，找半天也未必找到特別的東西給學生欣賞，當然每

一隻在我們不遠的距離盤旋着，當然「打卡」都是必須的。

個潛水教練背後的辛酸只有自己知道，此刻不禁希望與香港的教練説一句「共勉之」互相勉勵一下。

　　岸潛之後，我們坐車到大福渡船碼頭，Chris 教練非常細心，替我們準備好之後船潛的所有東西，亦讓我們坐在碼頭邊吸取陽光下的溫暖。在台灣潛水最開心就是船潛，不論船開到哪裏都是「大藍水」，只有不同程度的藍色，要我比喻小琉球海洋的藍就是深藍，有點深不見底的一種。我們之後兩個潛點是「杉福港」及「威尼斯沉船」，杉福港相

我們「又」遇到海龜了

對來說比較淺一點，16 米為最大深度，最特別的兩個「景點」就是在當中沙地位置會有一群可愛的「花園鰻」長居在此，如果特別喜愛可愛小生物的是不可錯過，因為在台灣花園鰻並不是出現在太多地方；另一個就是海狼（Barracuda）群，雖然沒有印尼峇里島或馬來西亞詩巴單的震撼，只有少少的一群，但比較容易接近。而威尼斯沉船是全島唯一最完整的一艘沉船，是台灣政府投放十個人工魚礁其中之一，最大深度為 35 米左右，可能因為環境因素，沉船沒有太多魚群聚集，不過

海狼群

海底辦公室——天堂潛水員日誌

當能見度高的時候，可以把整艘沉船完美地收在眼簾下，十分震懾，有巨人躺在水底沉睡的感覺。當然，兩次船潛也不斷地見到海龜的蹤影，最厲害的一個記錄是一潛間看到六次海龜，我終於證實了「小琉球有 99% 機會遇到海龜」！

曾聽說小琉球的潛水教練是特別溫柔的，我想大概是每天接觸很多海龜所致吧，確實令我好不羨慕，但同樣我也明白到小島生活的不足，還是……留在香港安守本份好了，哈哈。

弘哥，由賣魚為生
到賞魚為生的故事

終於可以一試在台灣乘搭內陸機了。

　　台灣觀光協會香港辦事處（下稱台觀處）替我們訂了從高雄機場飛往澎湖望安的單程機票，Gin 是一位潛水教練，會在高雄參與旅程的其中一部份。我們相約在高雄小港機場會合，因為是第一次在台灣乘搭內陸機，我們都沒有鬆懈，跟國際航班辦理登機手續的時間一樣，早三小時到達，害怕遇到有甚麼問題也有足夠時間應付。我們按一般程序辦理，以為機場這

兩手空空的登機

一關就可以安心結束，順着職員指示，準備託運行李，兩個人加起來差不多 80kg 重，此時職員跟我們説內陸機行李最多只可以託運 10kg，因為本航班的飛機比較細，而且都滿座，託運也有限，縱使另外付費每人最多也只可以託運 32kg，千哀萬求也不給我們託運，還説如果要超出太多也是要一早預訂的。我們開始想盡辦法，例如留點東西在機場，回來時才取回、多買一個機位、又或者每人都把多出來的 8kg 都穿上身……擾攘了差不多一個小時，我跟 Gin 教練都着急了，最後我們使出最後一擊，又不要面子地走上前枱再次詢問職員：「因機票是台觀處負責購買的，而我們也是有任務在身去做潛水宣傳的，能否通融一下？」然後心驚膽戰的等待回覆。見前枱職員再次打了幾通電話，走了幾趟，終於這次她主動走過來説：「章先生，你們的行李都安排好了，過去託運處直接託運就好了。」我們沒有怠慢，心知道是關係開通了一切，二話不説就快快包回行李。再次感謝台灣觀光協會香港辦事處的無言支持，亦怪自己功課做得不夠周詳，大家往後也要多注意內陸機的行李限制啊。

最後我們甚至把原本的手提行李都託運了，兩手空空的登機。

由高雄小港到澎湖航程 40 分鐘左右，不過到達澎湖機場後，距離目的潛店「島澳七七」仍有兩程船。第一程是從馬公的南海碼頭到望安鄉大概一個小時，另外是從望安鄉坐接駁船到將軍澳嶼大概 5 分鐘左右，僅一海里之遠，要潛水果真要攀山涉水。馬公往望安鄉只有早上的船，惟有在馬公住一晚，還去了看電影。雖然看甚麼電影都忘記了，但電影院所有的的舊式風格對我來說非常深刻，當中介紹上映電影的霓虹光管、牆上的紙質海報，所有顯示放映時間的手寫紙條、還有那陳舊的座位，都一一記憶猶新。後來透過搜尋的資料，才發現這間電影院是澎湖唯一一間電影院「中興電影城」，是 60 年代的產物，在當時已屹立57 年之久，比起香港現在每一間影院都更有歷史。不過近日得知原來中興電影城在我們到訪的兩年後就要清拆，改建為新式的多用途商場，也有點點黯然。

澎湖唯一一間電影院「中興電影城」

隔天是 9 點 30 分的船，坐船的話的比較放心，因為省去了行李重量的問題，「只要背得起，就給你上船」是坐船定律。我是非常喜愛坐船的，感覺上可以慢慢投入海洋，亦可以先視察海面的情況，提前了解潛水的環境。我們享受了兩趟船程，終於踏上將軍澳嶼。這地方距離香港只是五百多公里，大概只是香港到泰國不到一半的距離，卻用上兩日時間，感覺有點不現實，差不多用了兩天時間才到達的一個地方。

　　「小漁村」這個説法是百分之百最貼切的形容。眼前所有東西都是漁民的生財工具，碼頭兩邊靠泊了漁船、船上也都整齊地放滿一堆堆的魚網、船邊的防撞球、待曬乾的魚、一些在維修的小船……但正正有一家就是與別不同，門口掛着防寒衣，兩三對蛙鞋和數支氣樽，我肯定我們沒有走錯了，我便上前打探，因為老闆還未開船回來職員就安排我們在附近的民宿安頓一下。民宿是一間小小的平房，平房的下層有兩間小房子，每間房子內都有一個矮小的電視櫃，還有一張床墊，簡而不陋且十分整潔，甚有風味，這就是我們兩晚的住宿。我們放好東西回到客廳，有一塊水松板挑起了我的好奇心，上面貼上不同的信和合照，全部都是黃黃舊舊褪色的。我細心看着，上面全部都是寫給島澳七七的老闆──葉生弘先生（弘哥）的信，有客人回國後的感謝信，還有寄回給弘哥的合照。我還看到一些上一個年代才會寫的信，內容就似我們現在的 Facebook / Instagram，交換他們的生活照，分享之後的生活，非常有感覺。我即時回想到沒有網絡只靠書信來往的小島生活，既溫馨又浪漫。

小漁村，碼頭兩邊靠泊了漁船。

葉生弘先生

這些東西都是他生命中的紀念品，是他帶給人歡喜的印記，更重要的是某人第一次接觸海洋的證明。以上種種東西令我更期待這個人，想必是個有故事的人。

下午過後弘哥回來了，我們終於相認了，他的外表就是一個像演員吳京混合了藝人林峰的外貌，高高的，一般水上人的黝黑皮膚。我們一見如故，一聊就聊上幾個小時，可能大家都算是有過經歷所以特別投契，交換辛酸的經歷，交換潛水的經歷，還有交換建立潛水店的經歷，大家都滔滔不絕。

要說收穫，這一站收穫最多的反而不是水下面的東西，因為我們來電求贊助時，弘哥說整個月所有的船潛都訂滿了，我們來到只可有岸潛的安排，將軍澳嶼的岸潛是一般體驗，沒有給我太大的驚喜。在這趟「寶島之下」後一年台觀處又再邀請我訪台一次作潛水宣傳，澎湖也是其中一站，給予了船潛的經驗，體驗是無懈可擊。

在此我想分享的是島澳七七這間潛店和弘哥這個人。弘哥是一個從小到大都在將軍澳嶼長大的原居民，從小就跟着家人打魚、捕魚、賣魚，過着漁民的傳統生活，直至幾年前才決意轉為做潛水事業，在將軍澳嶼建立第一間的潛水店，一手一腳打廣告做宣傳，賣掉身家打造自己的潛水船，不理他人目光，不計成功與否，勇往直前。從一個人跡罕至且偏遠荒僻的漁村，到現在差不多每個台灣的潛水員都想去窺探一下的潛水熱點。這個地方因季候風的關係只有不足七八個月的潛季，由當初

澎湖最有名的薰衣草珊瑚森林

Yellow-banded fish 群

小貓三四隻到現在每個潛季都訂滿的一個地方，都是因為他。他全心全意投放在他的事業上，不是為了自己潛水店，而是為了一個自己長大的地方。第一眼看見他，感覺上有一點看到自己的影子，雖然我沒有他的偉大，但是從零開始的經歷，走出舒適圈的勇氣，一切似曾相識，我們互相誇獎、互相鼓勵，約定繼續在不同的地方打拼，為自己喜歡的東西努力。

澎湖這一站，我除了兩次岸潛及休息時間，其餘時間不是跟弘哥聊天就是跟他的潛水店員工交換潛水經驗，從早到晚，從晚到早，直到我們隔天的早上要道別，大家還是依依不捨。雖然這一站水底沒想像中精彩，然而這個由賣魚為生到賞魚為生的故事，弘哥這個人，已經足夠啟發我更多，鼓勵我更多了。

　　在社會的大森林裏，四野都是枝葉茂密的大樹，野草橫生，跟着前人的路走比自己開發新的路走，更安全更容易找到方向，試問又有誰會嘗試走新的路呢？雖然可能是荊棘滿途，令開闢者滿身傷痕，但當有一天他發現自己走的方向是對的，終於走出一片耀眼的地方時，身體上所有傷痕都已經是其次了。

亞洲第一個潛水旅館

　　在飛往台中的飛機上我已經滿心期待，除
了這一站主角「潛立方」外，租車自駕遊是我
另一個最期待的事。這是我在台灣第一次自駕
遊，在台灣開車有別於香港，香港是右軚而台
灣是左軚的，我以前在加拿大已嘗試過左軚，
確實是有點不習慣尤其是路面情況，今次我選
擇的路段是從台中到台北再到台東，而我最擔
心的就是台北的一段，但為了令這次的潛水環
島更添趣味，我決定嘗試一下。

　　到達後再按原定計劃取車，取車後所有的

台中潛立方是一個潛水基地

行李都已經不再重要，既方便補給，到達潛點之後亦可以去更多地方遊覽。只需要 20 分鐘車程，便抵達台中潛立方。這是一個潛水基地，據 Jim Wang（潛立方旅館執行長）所說當時還是工程的尾聲階段，是試業的階段，還未對外開放，我們成為首批的試用者，亦成為首個香港人為其宣傳，相當榮幸。因為潛水旅館是不會受天氣的影響，所以我們沒有太着急要下水而安排在第二天的早上下水。潛水旅館實際上與一般旅館沒有太大分別，都是可以給訪客或旅客入住，有餐廳，有商店，全都是以潛水為主題，例如餐廳為配合潛水池，中間部份是透明的，讓潛水

我們成為潛立方首批的試用者

好奇的我決定一下就潛到 21 米的底部

員能與食客互動。房間也設計成船艙，給潛水員或旅客更感受到潛水的氣氛。還有當中商店，有不少關於潛水的小禮物送給大家，對我來說，是既不商業之餘又有紀念性。

隔天早上我們決定各有各玩樂，潛水池是分段開放的，每日分 8 節，有時也會多開放一節作夜潛。我們決定在早上的一節下水，希望在旭日的陽光照耀下讓相片鮮明點。當日平均水溫 31 度，在 21 米水中時更達 33 度，這是我人生潛過最熱的水，興奮之極，除了潛水背心之外，我沒有穿太多，既不用擔心着冷也不用擔心被珊瑚刮傷。除了我們當日只有幾個工作人員，整個潛水池都是我們的。

潛水池一共設計出五個不同的深度，1.3 米、3 米、7 米、11 米，以及 21 米，滿足不同潛水員的需要，而且在 4 至 7 米內更打造了一個沉船的佈景，是全球首創的。好奇的我決定一下就潛到 21 米的底部。

仿製沉船，擺放了幾幅恐怖的畫像，一些假的金銀珠寶。

　　從水面一直慢慢排水潛下去，因為光譜的吸收，鮮艷的顏色開始慢慢消失，除此之外，眼前的東西清晰得跟陸地一樣，可以比喻為空氣的能見度。慢慢我經過一個大觀景窗，可以直接眺望到窗外的景色，我想夜潛應該會更值得欣賞。接着到達一個 7 米的平台，當中是仿製沉船的空間，擺放了幾幅恐怖的畫像，一些假的金銀珠寶，加上周邊的舊木船打造，真的也頗像真，它像一個隧道，能讓潛水員穿過。穿過洞口再下去又是一個 11 米的平台，短短的仿洞穴空間，而洞穴口出面又是一個大窗口，而窗口對外就是餐廳，也看到潛立方旅館外面地下的綠草，即是我下潛了 11 米才到達地面，有點奇妙。從 11 米平台往下望，就是水池的底部，隨着更多光譜的吸收，周邊的東西只剩下藍色，我急不及

舊木船打造一條隧道，能讓潛水員穿過。

待要跳入去了，一個三平方米闊的垂直隧道，由 11 米直下到 21 米，周邊都是陰陰暗暗的，沒有裝飾，為潛水員帶來一些神秘感，亦希望潛水員在此深度對自己多加專注，只靠呼吸調整下降。看着潛水電腦錶的深度慢慢增加，雙腳慢慢碰到池底，這是整個旅館的最深處，除了自己的呼吸聲，萬籟無聲，有點在太空的感覺，靜得似帶上降噪耳機般。成功到達最底處完成任務，從洞底慢慢踢蛙鞋上來，光線慢慢增多，感覺又回到原本的世界。

不得不讚的是潛水旅館這個概念——「把大海搬到城市裏」，其實潛水旅館早在當時（2017 年）的外國已不是新鮮事，在意大利、波蘭、比利時也有，但偏偏在地球版圖上最大的亞洲沒有。或許在亞洲地區裏大部份國家都鄰近海岸，要在本土找個地方或到鄰近國家潛水都是輕而易舉之事，而且四季水溫也適宜，對比起歐洲及北美洲，水底溫度長期也等同於香港冬天的水溫，甚至更低，潛水旅館便大受歡迎了，可以給各潛水人士作練習或上課之用。至於在亞洲，在沒有建成之前大部份人也是這個想法——沒有需要，但猜不到此時此刻因為疫情變得尤其重要。因為疫情，staycation* 大行其道，一間全年都能潛水的旅館，實在能解不能外潛的癮，果然每件事也能換個角度看。

* Staycation：由 Stay（停留）和 Vacation（度假）兩字組成，意指在自己居住的國家或城市進行小旅行，因疫情後無法出國度假而流行。

台灣潛水員的搖籃

　　旅程過了接近一半，快要來到第四站，東北角海岸的「龍洞」。從台中潛立方出發向龍洞開車，差不多二百公里，大概兩小時多的車程，當中大部份是高速公路，沒半點風景，實在難捱。大家對東北角也許有點陌生，東北角海岸線全長大約六十多公里，範圍大概是從新北市的瑞芳區起至宜蘭頭城鎮為止，而龍洞就是當中一個不太起眼但使命重大的一個地方。

　　從煩囂城市到遼闊海洋，心情舒緩了不少。龍洞灣內大大小小招牌也屬於潛水中心，

從台中潛立方出發向龍洞開車，差不多二百公里。

不愧為潛水員的搖籃，這就是我千挑萬選龍洞灣為其中之一個站原因，距離台北市一個小時不到就可以潛水的一個地方，由台北 101 到龍洞灣也只需要四十多分鐘，這就是龍洞灣最強的優勢。但凡事也有利有弊的，東北角意指台灣的東北方的一角，每年的秋季之後至春季，台灣的東北部都正正吹着東北風，與香港地理位置亦一樣，保守估計每年五月前東北角都會不定期吹着中至強風加上海浪，而東北角海灣之外完全沒有遮擋。

東北角都會不定期吹着中至強風加上海浪

　　不過計劃了就是要堅持，今次為「寶島之下」贊助住宿的是「52龍洞潛水中心」，還有「將 Diving」的楊教練提供潛水帶領。因為強風大浪的關係，我們由安排一天三潛取消為只有一潛，而這一潛亦是我的堅持。雖然風浪會導致水底的能見度變差與出現湧浪，但豈能小看我這個來自香港的潛水員？在香港，這一切都是日常，衡量過安全後，我們決定繼續計劃。我們第一個潛點是「龍洞灣二號」，一個屬於中級難度的岸潛點，此刻我們擋着風拼着雨順利下潛，這一次我有種在香港潛水的感覺。教練一再提醒今天的能見度十分差，大概五米左右，然而我也有點不好意思的說，在香港有這能見度也算不錯！話說回來，可以在這麼「差」的能見度看到獅子魚、魷魚、水母等等，也實在不賴呢。

因為強風大浪的關係，我們由安排一天三潛取消為只有一潛。

在龍洞灣的末段及和美國民小學附近的「九孔池」旁下水

　　隔天天氣明顯比昨天好，我們準備在「龍洞灣四號」下潛，在龍洞灣的末段及和美國民小學附近的「九孔池」旁下水。先介紹一下九孔池是甚麼，有時在台灣海岸經過都會見到一些小水池，矮矮的，中間以石屎橋為分隔，水深大概半米至一米左右，起初我也探究是用來做甚麼的，後來問當地人才知這是用來養殖九孔鮑魚的，它矮的原因是要靠潮間帶的漲退及浪令當中的海水交替，令入面養殖的九孔鮑魚得到更多的營養，在海灣邊多的是，但有些已經荒廢了，更會給潛水教練作平靜水域上堂之用。

　　回到正題，這次沒了大風浪下水好多了，好讓我來真正探究孕育了不少潛水員的搖籃。楊教練帶我們走到九孔池旁的石橋上，慢慢再由濕滑的石頭上大步走向海裏，進水後第一個感覺就像跳入冰水般，可能因為昨天為抵抗海面的浪而腎上腺素上升，所以忘掉了寒冷的感覺，看到電腦錶的溫度隨着時間及深度不斷下降，直到 21 度左右停止了，老實說，我是一個非常怕凍的人，每次潛水或上堂，我的防寒衣也比其

他教練或學生厚一級，我也曾經試過在峇里島看翻車魚，穿了 3mm 加 5mm 再加 3mm 配搭的超厚防寒衣，但是這次為了環島要盡可能輕裝，我只帶了 5mm 的防寒衣，此刻實在冷得要命。我們從水面靠礁石一直下潛，間中有一些大石阻隔，直到下潛至 21 米，我發覺原來從岸邊跳下去都有這樣深的地方是幸福的。在香港考個潛水進階牌照，其中一個深潛要求是要超過 18 米，非坐船不可，有時遇上大風大浪，不習慣坐船者又要辛苦半天，所以如果岸潛都有這個深度便太好了。今天的能見度比較好，更能放鬆享受。這個潛點屬於入門級別比較輕鬆，我認為最需要注意的是下水及上水的一刻，因為路上及石面上都會因為不同情況而濕滑，石頭上也滿是青苔十分容易滑倒，加上背着沉重的潛水裝備後果更不堪設想。

東北角每年都要應付台北市、新北市、桃園市、基隆市等附近的潛水員，雖然能見度一定沒有小琉球或外島好，但地理位置上卻也無可挑剔，一小時內便可到達的潛點確實很方便城市人一嘗潛水的滋味。難怪有人會說：「在台灣考到潛水牌裏五個人當中一定有一個在東北角考的。」潛水員的搖籃之名並不是浪得虛名！這裏無論環境和潛水的模式與香港頗為相似，也許沒有最好的環境，正因如此才帶給潛水員很多寶貴的經驗，在學習的過程中經驗有時比體驗更重要。在我的教學生涯裏，經常強調安全是最重要的，對我來說一位好的「保母」比好的「搖籃」更重要。

世界最早有珊瑚產卵
文獻紀錄的地方

　　先說一下這站的來源，由東北角到台東跨越 350 公里，差不多是四分之一個台灣，我並不想草草走過，環島總不能敷衍了事吧，而且發掘不起眼的潛點也是意義之一。環顧整段路只有宜蘭和花蓮比較可行，先從 Google 搜索花蓮的潛點或潛店，幾乎沒有任何資料，便轉向宜蘭為目標。最初我考慮的是宜蘭的龜山島，不過龜山島登島手續繁複而且每天限定人數與出入時間，想要登島潛水幾乎沒可能，另外也有包船由東北角到龜山島潛水，但因為只有我一個，成本太高加

全球最早發現珊瑚產卵地，就在宜蘭豆腐岬。

上四月東北風不穩定因素下，很難找到船家，惟有放棄。不過我沒有放棄繼續尋找宜蘭的潛點，直覺認為宜蘭的海上活動應比花蓮多，我不斷搜尋資料、詢問教練朋友、在討論區集思廣益下，得到大部份的回覆都是「沒有特別」或「我們沒有辦」之類的答案。正當再次想放棄之際，我突然找到一篇文章，標題是「全球最早發現珊瑚產卵地，就在宜蘭豆腐岬」。

叮！毫無懸念，豆腐岬就是我的目標！

憑着一腔熱血，不斷的堅持後，終於在皇天不負有心人下找到一個餐廳老闆，他與他當消防工程的叔叔都是一個潛水員，交流下得知他們從小便在豆腐岬浮潛和潛水，真真正正是豆腐岬的「地頭蟲」。我驚喜萬分，再深入了解他

宜蘭縣的蘇澳鎮

們的背景，果真每星期帶着學生或朋友在豆腐岬浮潛，我即時提出自己
希望到豆腐岬體驗一下尋求他們的協助，誰料到他們一口答應了我們，
還說潛水的事就放心交給他們，我們安排好自己行程就好了，亦順道住
進老闆的民宿。

從東北角出發到宜蘭縣的蘇澳鎮開車大約一個半小時，途中經過
北部濱海公路，這都是我所期待的，因為這段路有八成都是沿海。今站
有一點點特別的是除了 Gin 教練之外 Ella 教練也會參與其中。可能旅
途已過了一半，加上在海邊開車心情放輕鬆了很多，由一個人上路到今
次三個人一起更開心更期待。

到達後安頓好我們就跟兩個「地頭蟲」打個招呼，感覺就好像當年的網上情緣，ICQ 或是 MSN 年代，只有信息來往。先介紹一下，開餐廳的老闆也是民宿的老闆，餐廳及民宿中所有的海洋設計也是他一手一腳設計的，可想而知，也是一個熱愛海洋的同路人——游先生；另一個是當消防工程的叔叔——張老師，也是上文提到常常帶學生及朋友到豆腐岬浮潛的人。台灣人的熱情見面過後，第一個行程就是觀光，張老師帶我們三人先到豆腐岬看一下地形，又作環境介紹，還說會給我們準備直立板（Stand Up Paddle，下簡稱 SUP）一起划出去下水。就在此刻，我們的心情由好奇頓然變為超級驚訝，雖說我擁有 17 年的潛水經驗，但從沒試過要用 SUP 划出去的潛點，我內心想着會不會是當地人慣常的方法呢？或是甚麼文化之類呢？懷着千萬個問號，我強裝鎮定回答：「好的好的。」回到房間後我們立馬開了個小組會議——「怎樣用 SUP 划出去潛水」，最後結論就是「見步行步」。當晚我睡得不太好，就是因為對潛水的執着，怕自己做得不好更影響了其他人對香港人潛水的看法，在腦海不斷想着潛水配合 SUP 的程序，反覆思量不同會出現的可能，數百種疑問在腦海中與自己的經驗不斷搏鬥與辯論，最後在精神疲倦下睡着。

期待又充滿挑戰的豆腐岬下水日到了。

我們仨一大清早就各自吃了一個非常豐富的早餐，大家說要儲備足夠的體力才出發划 SUP，約了張老師與游先生在豆腐岬背後的停車

場，我們到達時兩位已經到達在等候我們，隨後他們下車指示我們先不用帶裝備，只要跟隨他們就好了，我們二話不說泊好車就跟隨他們，原來他們要先帶我們到豆腐岬後面的「南方澳討海文化館」，介紹一下當中南方文化及蘇澳鎮發展史給我們，另外目的就是要我們合力把 SUP 充氣之後帶到岸邊，當然還有潛水裝備。這是一塊 17 寸長 60 尺闊屬於 XL 型號的 SUP，最少 30 公斤以上，是我見過最大的一種，絕對足夠我們一行五人加上裝備。我好好控制了自己面部表情，沒有流露出丁點驚訝。進入南方澳討海文化館後，原來他們已約好另一位更有份量的老師──宜蘭縣討海文化保育協會總幹事廖大瑋講師，終於了解為甚麼蘇澳鎮的豆腐岬會是全球最早發現珊瑚產卵地。原來是當年日軍侵台時在當地發現的，也在 1943 年首次在歷史上用文字記錄，當中日本學者川口四郎就在南方澳豆腐岬海域發現了紅色珊瑚的卵塊，事後寫成一篇報道，其後得知成為了全世界最早發現珊瑚產卵的紀錄，真想不到小小的漁港也有那麼重大的歷史故事，也多謝他給我們寶貴的歷史知識。歷史堂過後，SUP 亦充好氣，我們合力將 SUP 放上一台手推車上，手柄跟車尾支架大概半米高剛好平衡着 SUP，而手柄跟車尾支架中正正可以橫放四支潛水用氣樽，而 SUP 之上剛好可以放上所有人的潛水裝備，

我們合力將 SUP 放上一台手推車，像「SUP 變形金剛」。

我們一行五人小心翼翼地把 SUP 推到岸邊

OMG！這個是完美的設計，像一個「SUP 變形金剛」。我們一行五人小心翼翼地把 SUP 推到岸邊，老實說路程是有點遠，但是有了這完美的手推車，我覺得一點也不吃力，還開始說笑，緊張的心情隨之消散了一半。

到達岸邊後張老師給我們來一個潛水簡報時謎底終於解開，首先是我們先背好所有裝備，然後大家合力划出去，直至到達下潛點，距離大概 300 公尺左右。而當中只有張老師會跟我們下潛，游先生就會在 SUP 上守候作水上應援，看來他們都非常專業，我們另一半緊張的心情也一掃而空。雖說 300 公尺對我來說應該是很輕鬆的，但是要背上所有潛水裝備再划的話真是一個不輕易的挑戰，我從緊張心情馬上對調成興奮的心情，這是我人生第一次的 SUP 配合潛水，老實說甚麼全球最早發現珊瑚產卵地也拋諸腦後，腦海裏只有一會兒五人坐上 SUP 又瘋狂地划的畫面。

所有人全無默契，只靠熱血帶動。

　　我們小心翼翼地一個一個爬上 SUP，難度為三星，最期待又刺激的事來了，當我們一個一個雙膝跪穩定在 SUP 後，馬上划到下水位置，即 300 公尺外。雖然肉眼看不遙遠，但實際上是費力得很，在所有人全無默契，只靠熱血帶動蠻力的情況下，張老師說的幾分鐘距離，我們用上十多分鐘，終於到達了，我們此起彼落的喘氣聲令看似嚴肅的張老師放聲大笑。

　　原來整個豆腐岬海灣珊瑚最豐富就在對面的防波石上，我等不及呼吸回復正常就想跳入去這個海洋的歷史時空中，因為沒有依靠所以無法用平時的後滾或跨步式下水，只有戴着面罩和調節器後慢慢滑進水

這裏絕對以珊瑚多樣性取勝

裏，跟張老師帶領從離岸的海中央潛至防波石的近岸，開始見到不同形
狀種類的珊瑚，這裏絕對以珊瑚多樣性取勝，有不同形狀、類別與顏
色。這次我用了學術及歷史的角度去欣賞，因為豆腐岬海灣始終也是一
個小小的且被荒廢多年的港口，發現珊瑚的地方也只有不足三平方公
里，不過當中就有多達一百種珊瑚的記錄。此刻我好像回到 1943 年，
與當年的學者一樣看着同一樣的東西，同一樣的生態。我亦希望事隔
七十四年後也有人像我一樣會提起「全球最早發現珊瑚產卵地，就在宜
蘭豆腐岬」一事，而那時那刻這不足三平方公里的珊瑚區仍然健康，甚
至面積擴大了。

這裏有多達一百種珊瑚

　　歷史和實習課站後，心裏是感恩的。從沒有宜蘭這一點開始，到決定地方，找陌生人介紹，再到「SUP變形金剛」的出現，最後合五人之力划到潛點，千里迢迢終於在看到全球最早發現珊瑚產卵之地，而那片珊瑚森林實實在在呈現在眼前時，我再次明白到《牧羊少年奇幻之旅中》裏「當你真心渴望某件事時，全宇宙都會聯合起來幫助你」的這個奧妙。雖然要經過千辛萬苦才成功下水，但一切都是值得的。

全台「最藍」的海

　　離開了最刻骨銘心的一站，我們仨人又繼續行程。

　　來到自駕遊最後的一段，亦是最長，我最愛最享受的一段。從宜蘭蘇澳鎮到台東市的富岡漁港，大約二百五十多公里，五小時車程，值得一提的是最後兩條超長公路，第一條是蘇花公路，第二條是花東海岸公路。首先蘇花公路，全長 118 公里，起點是宜蘭縣的蘇澳鎮，南面終點是花蓮市，被喻為台灣最美公路，可以飽覽壯闊太平洋，既有藍色海景與壯麗

高山，亦有地勢險峻的懸崖峭壁，當中途經太魯閣國家公園，若果喜愛自然生態實在不能錯過。我為了趕路，只可走馬看花，一直都是開着車欣賞；儘管這公路有多美，卻又稱為危險公路，事關台灣東海岸盛產大理石、石灰岩和砂石等工業原料為主，以致在此路上大量砂石車和大貨車高速往來。而且台灣地理位置屬太平洋海底處於歐亞板塊與菲律賓海板塊交界帶，所以大大小小地震也有發生，沿邊山坡土石也經常鬆動，隨時隨地也有落石的可能。在 2020 年台灣也為蘇花公路做了多項改善工程，而最大的改動就是在中間建設了八條隧道，就是為了改善當中的「飛石危機」，供大眾自由選擇；第二段是花東海岸公路，全長一百七十多公里，起點是花蓮縣吉安鄉，終點是台東的太麻里。這段路九成以上都是沿海的，只要是海我就可以了，開一會停一會看海，就是在這一段最好的方法。

　　若喜歡可以選擇乘搭內陸機，為了配合自己坐船去潛水可以了解多一點海的狀況這個「信仰」，我選擇了坐船到蘭嶼。120 分鐘的船程，以我經驗，對大部份城市人來說是有點久，而且船艙又不是太通風，加上太平洋海浪比較調皮，環視全船有三成人在嘔吐、三成人醞釀

蘭嶼著名的拼板舟

大家都是潛水的小伙子

中、而只有三成人是若無其事的，我當然是若無其事的一群。經歷過大堡礁大半年的船上生涯，120分鐘相比我在大堡礁的幾個小時船程的確是小巫見大巫，加上一年在馬爾代夫只有船為主要交通工具的生活，基本上暈船浪的感覺一早已離我而去了。（後續，最後一成人……上岸後才嘔吐……哈哈。）

　　經過120分鐘充斥着嘔吐物氣味的船程終於到達。這次接待我們的是「東龍潛水」，蘭嶼潛水店不多，我想就是緣份吧，從船艙的窗口望出去，剛剛就眺望到一個年輕的老闆舉着東龍潛水的木牌等待着我們，老實說是窩心的。大家都是潛水的小伙子，就以幾個 Give me five

相認了。一天的大休息，令我已經急不及待跳入蘭嶼這個海裏，這個比喻為全台「最藍」的一個地方。

今次我們回到房間不是整頓行李，而是準備裝備，因為這一站令人太有希望了，從網上到朋友口中，蘭嶼的海水都不是海水，是漱口水來的，可想而知我們對這一站有多盼望呢。

蘭嶼的海水都不是海水，是漱口水來的。

這一站令人太有希望了

　　第一潛是最簡單的一個 check dive*，潛點就是一個荒廢了多年的港口「龍門港」，龍門港在 1982 年興建，是當地的一個核廢料儲存場為了載運核廢料而建的專責港口，在 1996 年，因為該儲存場停止運作，龍門港也算是完成了它的使命，其後就一直荒廢了。我、Ella 教練和 Gin 教練，跟着子承父業，東龍潛水的年輕老闆——陳紹教練，下文就稱 Ryan 吧，到達這個一點都不起眼的地方，我心想到那麼一個渺無人煙，又平淡無奇的一個「小池」作第一潛，會不會有點看不起我們啊？再差也不會帶我們在這個跟標準泳池差不多大小的地方潛水吧。

*Check Dive：來評估你的技能和合適配重，通常是出國潛水的第一潛。

水清澈得如無任何雜質一樣

　　下潛一刻還是納悶着，但當雙眼潛過水平線以下後，所有所有的疑惑都一掃而空，因為是岸潛，我們從淺水慢慢潛向深水，陽光像光纖一般一束一束射進水底，水清澈得如無任何雜質一樣。眼前是無止境的，只有礁石、魚以及珊瑚，不足以叫色彩繽紛，但麻雀雖小，五臟俱全。海床以沙為主，還有因為外面有一大屏的防波堤，所以龍門港沒有太大的海浪，只有少少餘波入侵，令海床構成一條一條的沙波紋＊所有東西併湊起來就像我們置身於一個大的魚缸中，這肯定是我人生中最深刻的一個 check dive。Check dive 過後，我們也無辦法抑壓着我們的

＊ 沙波紋：由水流在海床上形成，可用作判斷岸邊方向。

眼前是無止境的，只有礁石、魚以及珊瑚。

驚嘆，甚至晚餐時，我們三人之間也互相討論，唯獨是 Ryan 一人泰然自若。這我明白，就像我以前在馬爾代夫打工時，每一個學生上水後都驚嘆不已，而我早已習慣了這些驚嘆，跟 Ryan 一樣處之泰然。

第二、三天 Ryan 都給我們安排好船潛，潛點有小蘭嶼、一線天、四條溝等等。當中有一個小插曲就是在一線天，一線天潛點中水底既深而複雜，最深可達 40 米，水底的礁石面積非常大，而且也位於外海，水流有機會縱橫交錯，有時突變也無法猜測，只有隨機應變，我們這次正正遇上水流的突變。我們仨跟隨着 Ryan 從 30 米上升時，發現水流突然改變方向，流速也倍增，我跟 Ella 教練兩人為一組，Gin 教練、Ryan 加另一個教練三人為一組，兩組因為水流過大而無法靠近彼此。我跟 Ella 教練也只可以用叮叮棒*固定在一塊大礁石上，動彈不得，眼見另外三人順着水流而遠去，我決定留在礁石上待水流放緩後才順回水流趕上，不久水流暫時緩和了一點，我緊扣着 Ella 的 BCD*趕上他們的軌道，一路隨着水流，我們目不轉睛，專注地尋找他們的身影，搜尋片刻後，留意到不遠處的大石背後有上升的氣泡，我

* 叮叮棒：它是一根金屬棍，一種水底聲音信號裝置，當潛水員用其敲擊氣瓶，便會在水下發出叮叮聲，引起他人注意，因而得名。

BCD：Buoyancy Control Device，浮力控制裝置，水肺潛水的必備裝置，可以在水面或水底用作調整你的浮力。

蘭嶼真是一個難得一遇的潛水天堂

們順勢轉入，果然他們就是躲在大石後等待我們趕上，證明了大家的直覺也沒錯，互相的信任，就是潛水員的默契。

整體來說，蘭嶼真是一個難得一遇的潛水天堂，能見度比你想像的更驚人，海底的地形變化多端，絕對可比喻為陸地上的山，連綿起伏，層巒疊嶂，壯觀無比。可是世上是沒有十全十美的，蘭嶼之所以擁有令人拍案叫絕的能見度有賴清澈的黑潮，同時也帶來富含養份的海水，漁穫相當豐富，導致前人曾經過度捕魚，時至今日魚量比起台灣任可一個地方都少。這是我在這一站最感慨的一點，人類總是覺得海裏面的東西是取之不盡，往往只顧眼前的利益而犧牲之後的一切。生物也好，植物也好，牠們生長總有週期，過度獵捕或破壞其棲息之地，定必對牠們造成長遠的影響，甚至絕種。若大家還想保存這個生物多樣性的世界，就好好照顧着牠們，守衛着牠們，想說的不是極端的完全不捕不採，而是適當及適度，找到互有的平衡點就好了。

在蘭嶼最尾的一日，是最不捨得的，遇上 Ryan 我又看到一個為自己理想而打拼的人，大家都是有着潛水的興趣，藉此帶着自己的興趣去追尋更好的夢想。多謝 Ryan 的款待，希望大家再見面時各自都有成功的模樣。

可讓腦袋耍廢的綠島

　　綠島，土地面積 15.09 平方公里，比蘭嶼小兩倍有多，坊間有個說法：綠島是蘭嶼的相反，在選那個島之前，可以先想一想該旅程的目標是甚樣，我想這個是一個不錯的說法，我認為如果想大吃大喝，腦袋耍廢的話可以選綠島；想得到身心舒暢，洗滌心靈的感覺的話可以選蘭嶼。

　　Ella 教練回港了，只剩下 Gin 教練跟我，我們坐下午的船到達綠島，遇上整個旅程中最好的天氣，猛烈的陽光加上輕微的海風，是每

綠島的日落，是我在這個旅程第一次享受的日落。

個潛水員最期待的天氣。為了想旅程更豐富一點，我們決定了在綠島租用了電單車及電動車，因為我有香港的電單車駕駛執照，所以獲准租用電單車，而 Gin 就沒有，只可以租用電動車，兩者在小島上其實沒有太大分別，只是電動車不用氣油，而是在沒電時更換電池，還有電動車在島上每小時只可行 25 公里，但是在小島上如非必要也沒需要行車太快。

　　手續辦好，潛水店的人員剛好到來接送，我們順手將行李送上小貨車，我們就自己開車到潛店，當然到達潛水店後我們二話不說就要求下水，難得天公造美，我們從行李箱抽出所有潛水裝備，準備出發。因為未有趕及船潛的時間，我們只好快快岸潛一趟。之前幾站也沒有詳細

介紹過潛點，綠島我覺得可以介紹多一點，因為當中有幾個也非常具有歷史性，其中之一是我們第一個下潛點——「大香菇」。取其名是因為潛點當中有一顆非常大的珊瑚置身於海底，而這顆珊瑚曾經是世界上已知最巨大且年紀最老的活珊瑚。牠屹立在綠島海底的 18 米，有專家分析過牠已擁有超過一千多年的生長了，因為頂部比較肥大底部比較短小，貌似一個「大香菇」，是最熱門的潛點。大香菇約 10 米高，31 米闊，至於為甚麼是「曾經」呢，原因是受到 2016 年 9 月的一個颱風——「莫蘭蒂」的侵襲，超強的浪與潮，把整顆大香菇都打斷了，從底部斷裂向側傾倒。其後更有人發現牠雖然是斷開了但還是繼續生長的，可算是不幸中之大幸。

大香菇在「石朗潛水區」，從潛水店過去非常近，只有五分鐘路程。我們從岸邊出發，步行上石朗的潛水步道，潛水步道是綠島為了各潛水或浮潛的人專門而設的，從陸地一直伸延向大海的路，好讓潛水員或浮潛者可以一直走到深水處下水，減少了在中途被海浪打倒的風險，可想綠島對海洋愛好者有多重視。到達深水處，我們一躍而下，眼前就是我們渴望的畫面，既有珊瑚礁，又有不同的魚類，魚比蘭嶼的多，但景觀就不及蘭嶼壯觀。慢慢看到大香菇的輪廓，乍看之下像一道巨牆，但慢慢游近，就會看到一塊倒下來的巨「香菇」。我從底層開始慢慢環繞上升，這大香菇真是藏了不同的珊瑚在內，當中更有數不出的海葵加上小丑魚，除了不同種類的珊瑚，還有大硨磲、海扇等等，大香菇底部

我們第一個下潛點——「大香菇」

步行上石朗的潛水步道

只有 18 米，是一般開放水域潛水員都可以觸及的深度，而且牠的頂部只有 8 米，也是體驗潛水＊可到達的範圍以內，怪不得成為綠島最受歡迎潛點，我認為如果沒潛過大香菇，應該不算是來過綠島。

　　因為舟車勞頓加上要趕及日落前上岸，所以潛完水後我們都露出疲倦的表情，慵懶地清洗我們的裝備及整理行李，當下正正迎上日落的來臨。眼望着太陽慢慢下降，逐漸接近水平線，海面開始泛起了金黃色

＊ 體驗潛水：為未嘗試過水肺潛水的人而設的一次性水肺潛水體驗，認識數個在水底使用的技巧。

的光，讓剛上水不久回來的我們特別有感覺。此刻令我覺得整個趕急的環島旅程都突然平靜了一瞬間，應該是我在這個旅程第一次享受的日落，霎時的一份平靜。

　　第二天早上安排了船潛，其中一個潛點是「鋼鐵礁」，從船上一躍而下，眼前先會湧現大量因為跳下水後產生的氣泡，甚至完全遮蓋你的視線，而下一秒就是另一個世界，我就是最愛這刹那的改變。在面前是一個一個由鋼鐵打造出來的鋼鐵支架，當中四座人工鋼鐵的支架，好像小時候公園內的「馬騮架」，但比例上大十倍，是台灣漁業署用人手組裝好再放入海底，希望讓魚類可以有更多棲息之地，甚至繁衍出更多珊瑚。結構成品字型，各座也有三層，第一層大概坐落在 20 米左右，之後是 25 米，最後底一層是三十多米的沙底。教練說能見度高的時候在水面也會看到水中的鋼鐵礁，而下水底更可以一覽無遺，直望到底。當日能見度也不錯，慢慢潛下就見到鋼鐵支架的外觀，我嘗試一層一層穿過去，再直落到底，每一層的珊瑚都略有不同，目測上層及中層比較多珊瑚。不斷左穿右插，珊瑚群都在身邊圍繞着，上上下下，終於到達水底，海床以沙為主，雖然陽光沒有淺水中耀眼，但是暗暗藍藍的景象更給我一種神秘的感覺，加上良好的能見度，從水底抬頭一望，一座一座超大形的「馬騮架」屹立在面前，氣勢磅礡，感覺就似超人從天而降環繞的場景，這人造的鋼鐵真的可以媲美蘭嶼水底山景驚訝程度。

一個由鋼鐵打造出來的鋼鐵支架，好像小時候公園內的「馬騮架」。

「馬騮架」讓魚類可以有更多棲息之地

其實這樣類似的人造潛點，多國也常見的，例如位於意大利北部 San Fruttuoso17 米的水下耶穌塑像、在巴林為了潛水活動在海中 20 米深放了波音 747 客機、印尼峇里島為結合信仰在海裏放入佛像形的人工魚礁，還有約旦亞喀巴所成立的海底軍事博物館也都是多個成功打造成人工魚礁的地方。其實又不用講到那麼遠，正正香港也有不少類似的，例如海下灣也有大大小小的沉船造成的人工魚礁。其實現今社會對人工魚礁都有兩種聲音，有些人認為它會破壞原有的生態環境，因為始終都是人造材料，但沒太多數據支持這種說法。人工魚礁主要目的都是希望打造一個「山寨版」的珊瑚礁，在我而言是人類盡力協助和守護海洋的其中一個方法，畢竟有很多根深蒂固的環保問題很難一時三刻推動所有人去改變，所以對於人工魚礁我抱着樂觀的看法，期望透過它為我們的大海帶來一點生機。

能生存超過二千年的巨桶海綿珊瑚

水底美景，可愛的小丑魚。

奇蹟的珊瑚產卵

這是我潛水世界中遇過最奇蹟的事。

在綠島充滿電後，Gin 教練的陪伴到此為止，回到台東後我們分道揚鑣，我也迎來「寶島之下」環島潛水之旅的最後也是畢生難忘的一站——墾丁。我選擇了乘火車到墾丁，除了希望一嘗台灣的火車便當，更因此收納最後一種交通工具在我的環島之旅裏。晚上的一個半小時火車到枋寮車站，連吃便當時間也不夠就要下車了，真可惜，還好體驗過也是快樂的。為了不想太夜入住，下火車後我立即乘車趕入

「寶島之下」環島潛水之旅的最後也是畢生難忘的一站——墾丁

墾丁，車程又一個多小時，真的心力交瘁，幸好凌晨前剛好到達，讓我可以好好休息。

第二天，早早就坐車到這站接待我的潛店「台灣潛水」，準備這天的岸潛。

下午出發，先是到墾丁出水口左側，應該是說「發電廠出水口左側之處」，可能外人來說在發電廠的出水口潛水好像有點怪怪的，但是對他們來說其實已經是習以為常。從網上搜查過的資料，這個出水口其實只是排去用作給發電廠作冷卻用的水，所以只是溫度上有丁點影響，其他一概沒影響。我們一行幾人從潛店開小貨車到雷打石的海灘，就是發電廠出水口左側的一個海灘，這次帶我的是潛店中其中一個課程總監——海珊教練，還有他兩個學生。下車後幾塊類似短短的步道引領到一大堆凹凸不平珊瑚岩上，這是一個罕見的「灘岩」地形。所謂「灘岩」，依據專家所說其形成好可能是由於地貌形成時，地下水溶解了地下的石灰岩層，流出沙灘時受熱重新凝結而來。在欣賞角度上，這個灘岩加上周邊的環境綠草如茵，蔚藍海水，也算是一個世界級的景觀，每年也有不少人到來戲水、浮潛或拍照欣賞的。但相反對潛水員背着全身裝備來說，這是一個非常危險之地，一個不留神絆倒了就很容易受傷的，尤其在退潮時。我們小心翼翼地向大海的一面前進，終於下水了，開頭水有點渾濁，也許是灘岩的地形略有影響到靠近岸的一層，慢慢下去能見度漸漸轉好了。除了我們，我看好前前後後有不少的潛

這次帶我的是潛店中其中一個課程總監——海珊教練

水員進出，是我八個站來看到最多潛水員的一個潛點，不愧為墾丁的潛水兵工廠潛點。第一次下潛沒有太大的問題，但是奇怪的是水下面有幾顆珊瑚礁上分別放置了數台無人看管的監察相機，而且只面對着珊瑚的一方⋯⋯

第二潛大概在黃昏之前完成，我們回到潛水店，本來應該是最悠閒的時段，我卻見到潛水店中差不多所有教練在準備裝備和相機，我當然追問他們今天是否看到甚麼，現在要整裝待發「追擊」呢？到底是鯨鯊？魔鬼魚？還是甚麼特別的生物呢？海珊教練驚訝的反問我：「你竟然不知道這幾天都是珊瑚產卵的大日子嗎？」老實說，這個大自然現

象，我只有聽聞過而沒有親身體驗過。在澳洲大堡礁時，知道這是一個一年一度而且非常昂貴的活動，對我這種窮小子來說，根本是無可能的。在香港，以珊瑚密度以及能見度而言，對我來說，看到珊瑚產卵根本是天方夜譚，沒可能的一件事。聽到這消息後，我立即從清洗裝備的水缸裏拿回所有裝備，說我也要一同跟上，海珊教練當然沒有問題批准我跟上大隊，但他笑着說：「『這』不是肯定的，全都是運氣，有人守了幾年也看不到。」讓我說明一下珊瑚產卵，珊瑚每年會有一到兩次的大規模產卵，日子通常都是某個月份月圓之夜的前或後一星期內，視乎不同的海域。例如在凱恩斯裏的大堡礁，通常是在 11 月中月圓之夜後的二到六天，而牠們產卵的日子可以有幾日，或只有一天，還要記着，牠們沒有特定日子，特定時間。再者海那麼大，珊瑚又那麼多，那一顆今天心情特別好要今天產卵，那一顆明天才產卵是沒有數據可言的，所以海珊教練說有些人捕捉了幾年都看不上也不足為奇。而在台灣珊瑚產卵的日子是每年 4 月左右，媽祖誕* 前後幾天，「這」剛好就是現在！珊瑚是群居性的低等無脊椎動物，並且欠缺移動能力，傳宗接代的方式就是，當雄性及雌性珊瑚在固定的幾天內各自在大海中排出數以百萬計的精子及卵子後，在茫茫大海中相遇，結合，最後才有機會形成新的珊瑚生命。

　　我跟着海珊教練與另外幾個教練為一組，其他教練也分批各自出發了，我抱着「新手幸運」的期待下水。原來出水口左側就是他們各人

* 媽祖誕：在香港亦稱為天后誕，在每年農曆三月二十三日，慶祝媽祖（天后）誕辰的東亞傳統文化節日，相傳媽祖能保護人民海上平安。

我們只是二十四分之一

今天會去部署之地，與今早不同的是這個海已經佈滿了人，我們前行時也有人開始抱着失望的神情離開，目測這個晚上最少有一百人以上潛入這裏期待着這難得一遇的大自然現象。下水後，我們分批駐守着不同的珊瑚，我當然跟着最有經驗的海珊教練。時間一分一秒地過去，每個人也好想是第一個發現似的，大家都目不轉睛地看着各自附近的珊瑚。第一次參賽的我，當然也有同樣心情，好笑的是我更有幾次緊張到以為是出現牠們產卵的情景而想叫海珊教練過來了解一下，但是原來最後發現只有一點微生物在漂浮。雖然大家也好好掌握呼吸，以免用氣過快，增加逗留時間，但是在沒有陽光之下，加上大家基本上都是靜止的，最後也敵不過溫度下降，60分鐘過後我們決定回去了。回程中我又看到那台無人看管的監察相機，我終於知道這是研究所的24小時直播錄像鏡頭，而我們只是二十四分之一。

帶着失落又疲倦的心情回到民宿，我立即放低手頭上所有東西，打開電腦搜查出所有關於珊瑚產卵的資訊，當中都是記錄比較多，各人話說不同，沒有一個標準答案，而要精準計算出產卵期更加沒有，我霎時恍然大悟明白到為甚麼女性週期的問題也常常困擾她們，都是沒有公式的，只有大概日子。

珊瑚產卵這件事令我整個晚上腦海都圍繞着。

隔天的船潛，我都被周邊平時從不起眼的珊瑚分散着注意，我會想牠們會否中午產卵呢？而牠們產卵的實況又是如何呢？是一顆一顆出來還是一大堆噴射出來呢？這些東西當時對我來說也是一個問號。

終於等到黃昏，迎來「寶島之下」的最後一次下潛，亦都是我最後看到珊瑚產卵的機會，為了可以在水逗留更久，為免因為體溫過低，我決定在 3mm 防寒衣上多加一件 3mm 防寒衣及一件 2mm 背心，一共 8mm 的厚度，以保持體溫。出水口左側已經變為我熟悉的潛點，我再次跟上海珊教練一同尋找奇蹟。事與願違，原來大自然許多東西都不是人類可以掌握到的。時間慢慢過去，我試過改變策略，由等待某一塊珊瑚的產卵時刻來臨，改為試着不停游走其他的珊瑚，看看會否剛好給我遇上。我還眼看耳聽着所有人對眼前的反應，一有甚麼小動物就追過去。看到電腦錶上顯示的時間，已經到達了前一天的極限 60 分鐘了，海珊教練也給了我好幾個眼神，我有時選擇逃避他的眼神，也有時給手

勢再留多一會。最後意志都因為時間動搖了，六十多分鐘過後，在我放棄之際，突然海珊教練用電筒召喚我，我二話不說，用畢生的氣力極速游到他旁邊。我最期盼的畫面呈現在我眼前，一顆一顆的粉紅色小豆，從珊瑚密集的小孔慢慢擠出來，有先有後，不停的擠出來，在海中一片混亂，滿滿都是擠出來小顆粒，多是粉紅色的，也有更淺色的，以黑色的背景襯托，畫面就似在夜空中的雪花慢慢漂着。我試着盡快把這瞬間刻在腦海中，大自然每日發生的事都有着數之不盡的變化，人生也未必有第二次機會再經歷這刻，所以試着把每個細節都記清楚。這次體驗也令我改觀了很多，可能不只是我，其實大家有時也同樣的忽略了珊瑚，會忽略了牠們是「生物」，因為多數珊瑚都是以極慢的時間長生，因此你不會察覺到珊瑚有真正動態的一面。但是在這次親眼所見之後，我開始改變了我一直的觀念，其實珊瑚是跟普通的動物一樣，只是未到牠們要繁殖下一代的一刻，也會不會激動的噴射起來。當下我感到前所未有遇上奇蹟的感覺，就像故事編定好的結尾，對我來說，這個結局是最好不過，我感恩着當中發生過的一切，還有當中遇上的每一位。

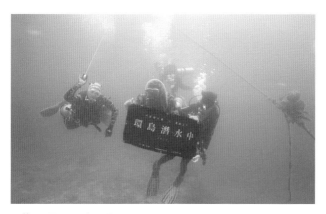

一共 24 天，38 次下潛。

這個潛水環島之旅——「寶島之下」一共24天，38次下潛，雖然出發前及回來後都與自己的思想糾纏了很多次，一方面會想，為甚麼要走上這無聊的旅遊，成功與否也沒有人會在意；另一方又會想，成功與否是不須有人在意的，自己經歷過就好了；有時又會想，沒有收入的24天，儘管有過紀錄也換不了錢的；另一方面卻又明白，人生沒有多少次機會能出走２４天，儘管紀錄後換不了錢也可以換成紀錄，換成回憶。多少個日與夜都是這樣過，最後也猜不到成功在自己的第二部作品內收錄這段回憶。有時瞻前顧後反而拖垮了自己的步伐，嘗試過，失敗過，沒有成功也有回憶，賺到經驗。

正在繁殖下一代的珊瑚，一顆一顆的粉紅色小豆，從珊瑚密集的小孔慢慢擠出來，畫面就似在夜空中的雪花慢慢漂着。

泰國象島
——潛水生涯裏遇過最危險的情況

　　如果你也踏上創業的道路上，每每有新事情發生，也會替你添上更多的衝擊，在我的「夢想工作」裏，有一個地方也不斷賜我衝擊，不斷給予我更多機會。

　　從 2018 年某個電話中，在台灣觀光局的同事介紹下，我就跟泰國政府旅遊局（香港）結下了不解之緣，因為要配合各種的宣傳工作，屈指一算，由 2018 到 2019 年 12 次公幹當中，

海底世界

出發到泰國一共四次，加上數個在香港的推廣活動，我是非常感激當局
成就了我的「夢想工作」。

　　如果要說全年 365 日都適合潛水的國家，非泰國莫屬，陽光與海
灘有誰不愛？身邊總有人每年到訪數次，對我來說泰國肯定是旅行目的
地的首位，適逢可以工作也可以遊歷，簡直是夢寐以求，到此刻為止我
一共到訪泰國 12 次，對我來說亦是我去過最多次的地方。每次都懷着
不同目的，有看過《天堂潛水員》的可能也記得，當我可以算是在潛水
事業有少許成就的時候，背後也曾經歷過一次人生中的滑鐵盧，就是我
第一次潛水教練試不合格，就正正是發生在泰國的布吉島；我年少時第
一次坐飛機去旅行目的地也是泰國，所以泰國曾經帶給我很多難忘的回

憶，現在更成為了我工作的大部份，給我更多的第一次，給我更多挑戰，更感激讓我成為泰國政府旅遊局（香港）（下稱泰旅局）的潛水宣傳大使。

說起陽光與海灘最為人熟悉的應該是，布吉島、龜島、蘇梅島等等，但偏偏與泰旅局第一次合作就不是最熱門的這幾個，而是——象島。在這次之前，我從未踏足過那裏，所以我在網上做了很多功課，例如當地潛點、天氣、環境等等，這一次跟泰旅局出發的目的是當半個攝影師，當然另一半就是宣傳其活動，而當中除了潛水之外，他們還給幾位 KOL* 體驗一下清潔海洋的活動，我覺得是挺有意思的。

象島是泰國第二大的島嶼，從小漁村發展到現在的旅遊島嶼，而且發展沒有多久，尚算是以寧靜樸素為主，正因如此這小島仍未受到過多遊客洗禮，泰旅局也想多作宣傳給大家多一個選擇。以泰國出名潛水的島嶼來說，象島應該是最近的一個，從曼谷轉機去 Trat，大概 40 分鐘機程，再加上 30 分鐘船程就到達這個碩果僅存的原始美小島——象島。這次潛水部份是兩日一夜的船宿*，亦是我人生中最短的一次，要在最短的時間做好自己本份也非易事，包括要在七次下潛中拍攝足夠多媒體所需要的照片。七次下潛當中，印象最深刻是其中的一個沉船潛點——HTMS Chang Wreck。HTMS Chang 本來是美國海軍旗下的一艘軍艦，參與過第二次世界大戰及韓戰兩次大型戰役的軍艦，主要負責運送軍用物資。1961 年退役，翌年賣給泰國政府，改名 HTMS Chang，

---

* KOL：Key Opinion Leader，互聯網上特別有影響力的人。
　船宿：其中一種潛水旅行的方式，整段旅程都會居住在船上。

最深刻是其中的一個沉船潛點──HTMS Chang Wreck

HTMS Chang 是泰國現時最大的一艘沉船

海底辦公室—天堂潛水員日誌

成為泰國皇家海軍成員之一直到 2012 年退役，泰國海軍決定讓 HTMS Chang 長埋深海，成為泰國現時最大的一艘沉船。長達 117 米，15 米寬，最深處大約 30 米，桅杆在 12 米處伸延到靠近水面約 5 米。

這是我在象島的第一潛，一躍而下，沒有水流，20 米左右的能見度，多舒服，這次帶我們下水的是羅勇潛水中心的老闆——Aoun。從上而下望，桅杆的位置清晰可見，再將視線慢慢移到後方，已經見到沉船的一半輪廓，中間夾雜着一大堆魚群，有海狼、有黃尾鯛，還有超多的馬鰺魚。

因為沒有明顯的水流，而且船身又不算太大，我計劃先以船頭開始慢慢向船尾方向潛下去，最後在桅杆頂的附近做安全停留後上水。船中間的平台部份或司令塔，是我最為深刻的部份，因為 HTMS Chang 放置在海底的日子在當時只有五年時間，五年對一艘沉船來說算是非常短，但可能這個地方環境的養份資源豐富，所以我游近時看到整個司令塔都是貝殼，而且大部份也是相當完整，看上去非常乾淨，可以說是用貝殼包住了整艘沉船，以我經驗當中這是最完整的一次。因為大多數的沉船在海底一段時候後會長出不同的貝殼，但長出貝殼後就會有周邊的魚咬破並食去當中的肉，所以多數都是零零碎碎，殘破不堪的，我看過只有這艘擁有最完整輪廓的。太陽從上而下照射，在桅杆下面看上去有多條橫樑縱橫交錯，製造出似一個伸延到空中的感覺，而桅杆上放置了一面泰國國旗，顯得非常有氣勢，對攝影師來說這是個不錯的「道具」。

夾雜着的一大堆魚群

用貝殼包住了整艘沉船

桅杆上放置了一面泰國國旗

看過沉船後，就是泰旅局行程上安排的水底清潔體驗。在香港我也舉辦過幾次的大型水底清潔活動，但是參與國際性的也是第一次，活動名為「Upcycling the Oceans Thailand」（下稱 UTO Thailand），是一個自發性的清潔海洋垃圾活動，而大會也會派發每人一本「潛水護照」，在每次潛水中有清理過海洋垃圾的潛水員，任務完成後，可以跟相關的潛水中心在「潛水護照」上蓋印，證明你為泰國的大海出過一分力，而在某個次數後，相關的潛水中心也會提供免費潛水服務等等，鼓勵大家支持海洋清潔。我負責為他們拍攝活動照，但不妙事情在第二個下潛發生了，我在第一個下潛之後開始有點感冒跡象，最大問題就是鼻有點塞，對潛水員來說鼻塞就是難搞的事，以正常人為例潛入水中僅僅一米左右就會感覺到水壓，為了平衡這個水壓，或繼續潛入更深，潛水員會做反壓*來平衡壓力，而鼻竇跟耳道是通的，所以我在當日餘下的下潛時就非常難受。

完成第一、二潛之後，我知道自己有點不對勁，可能因為前一日身體有點不適，加上兩次下水都要在短時間內拍攝到所需要的相片，所以我要盡量逗留在水下面久一點，還有穿的防寒衣不足，導致有點感冒，而且嚴重鼻塞，但剛剛拍的相片不足以為大家作報道或刊登，即是我必須要咬緊牙關把拍攝工作完成。我知道下水後做反壓一定是我最難的事，所以我在其他人準備裝備時，我示意跟教練早 15 分鐘下水並在水下會合，給自己早一點適應及讓身體習慣一下。我由平時跨步下水，

* 反壓：當耳腔內部與外部壓力不平衡，例如下潛時水壓導致耳壓不平衡，潛水員便需要進行耳壓平衡，有時簡稱反壓。

珊瑚群

改為慢慢從船尾甲板滑入，面部開始浸入水面，已經即時感覺到耳膜及
鼻竇馬上有拉扯壓力，原因是鼻竇的通道都因為充血以致空腔變得只有
極少空間，所以很少的水壓改變就會有完全的擠壓，令我差不多每半米
已經要做反壓一次，非常難受。但是敬業樂業，我只好硬着頭皮一下一
下密集式反壓下去，目標是 12 米右左的珊瑚群處，我繼續下潛，開始

看到其他人一批一批地下水，在我身邊經過，輕鬆地下潛，直到 6 米左右，我感覺有點到達樽頸位，怎樣也做不到反壓下去，我再示意他們要花多一點時間，等我一下，再嘗試上升一點，令鼻竇的空腔休息一下，再試試，來回三四次，終於成功到達 12 米可以開始拍攝，也辛苦了我耳腔跟鼻腔了，但是成功完成任務也算是值得的。

自此之後，當被訪時或學生好奇地問我「在你的潛水生涯裏遇過最危險是甚麼情況？」我就會老實說這次潛水是我覺得最危險的一次。因為當你學過潛水之後，其實很多「突發」的事情也只需要冷靜及應用好學過而適當的技巧便可以解決，你會發覺其實潛水並不是大家想像中的危險，反而我覺得這次不算是「突發」的事情，而是「已預料」的事更危險。所以當潛水是工作時，除了完成任務，更多的是要平衡當中的安全性，實在沒有大家想像中容易呢。

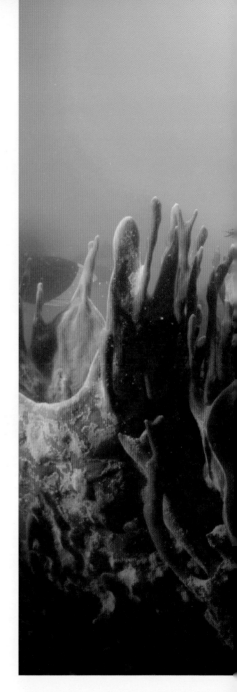

「Upcycling the Oceans Thailand」活動進行中

我竟然有幸擔當主角

　　藉着成為泰國旅發局（下稱泰旅局）的潛水宣傳大使，相隔三個月我再次出發泰國，目的地是仍是象島，不知道是上次的資料出街後大賣了還是只是對我的垂青，我今次要——擔——當——主——角——了！

　　事源是泰旅局的 Vickie 在出發前跟我提出一個非常大膽的提議，就是我可以擔當其中一個長兩分鐘為泰國東岸冒險之旅的宣傳短片的主角。宣傳片會有兩個部份，一個是以山系為主，一個是以海系為主，而我當然是負責後

我擔當主角了

者。前者是 Sony CURATOR 的成員之一，一位有名的山系攝影師。我當然是厚顏無恥地答應了這個計劃，之後過了幾天，收到 Vickie 的回覆指文件都批了，兩個月後出發，我頓時高興至極。我除了接受過一般的訪問硬照之外也未試過上宣傳片，對我來說是個非常大的挑戰。一個月的準備，我當時完全明白藝人為甚麼總是要叫着減肥，天天也在減肥，就是因為永遠都會要求自己的身形，身材要更好，甚至更上鏡。我也好像附身了，在一個月內節食減肥，雖然我本身也不算太肥胖，說修身比較合適；其次是運動，兩個月內我也連續 30 天運動，還好我本身也是一個運動愛好者，何況是我的第一次「上鏡」。出發前 Vickie 給我幾個活動造型的資料，除了要學烹飪泰國菜的造型之外，應付其他的活動我應該綽綽有餘，幸好我這個潛水教練也是那麼多樣性的，哈哈。

為了「上鏡」，我在一個月內節食減肥。

　　六日五夜的泰國東岸拍攝之旅，比我想像中自在，因為可能我飾演的造型都是運動為主，跳瀑布、開越野車、打泰拳、直立板，當然還有最主要的潛水，是的，還有烹飪泰國菜式的造型，可能在各個造型當中我最生硬的就是這個，哈哈。完成拍攝後，就是我最期待的時候了，從攝影師得來的相片都非常滿意，當然泰旅局也很滿意，隨即而來的就是剪輯好的宣傳片，把我推到電視中、地鐵站中。先不要說主角是我，還是其他人，我都非常高興可以把潛水為主導的宣傳片可以在不同的媒體上見到。潛水在十幾年來都是一項被稱為「貴族」的活動，但是近年的發展和普及，潛水也變得平民化了，但是仍覺得是有待宣傳，希望日後潛水活動可以普及到更多人參與。以環境來說，愈多人參加就會有

烹飪泰國菜，可能是最生硬的造型。

更多人注意到當中問題，例如會潛
水的也會想海洋更清潔，又或者學
會潛水看過鯊魚後會更愛惜鯊魚，
更明白到海洋多樣性的重要等等。
或以保育來說，資深的潛水員都會
說：「多一個潛水員就多一個海洋
保育者。」我亦漸漸明白這句說話，
所以在此也多謝泰旅局，令「潛
水」有機會展示到不同的媒體中。

跳瀑布是其中一個拍攝項目

我喜歡大海,所以選擇了潛水。

　　我常被問道:「甚麼驅使你學潛水或者嘗試第一次潛水?」而我的答案永遠都是:「我喜歡大海,而我覺得潛水就是最有型的事,所以我就選擇了潛水。」

　　謝謝這個角色由我這個潛水小伙子擔任。

第一次的海外馬拉松

在疫情爆發前的最後一個攝影工作——宣傳龜島。

這次工作我是有私心的，說到蘇梅島，識貨之人一定會聯想到每月月圓在帕安島的 Full Moon Party，我也很想感受一下。可惜我今次的工作性質與運動健康為主，所以沒藉口偷偷溜出去。然而今次的旅程正正踏中 6 月，在蘇梅島每年 6 月都是「蘇梅馬拉松」的大日子，很多本地以及海外的跑手專程飛到蘇梅島參加，這個活動自 2017 年起曼谷航空公司會環繞

最後一個攝影工作——宣傳龜島

整個島舉辦一連串的馬拉松比賽,直到疫情爆發的這一年。整個馬拉松
比賽由泰國南部喀比開始,再到蘇梅、布吉、林邦一直延伸至北部的清
萊、清邁等地,共 6 大泰國城市,足足一整年的活動,由海邊跑進山林
間。賽事分為 5 公里、10 公里、21 公里以及小朋友組別的 3k 公里馬拉
松賽事,正好適合我「運動健康」的個性!在行程當中泰旅局也為我們
傳媒人找好贊助,給我們好好一展身手,不過今次一展身手的只有我,
或許因為其他的傳媒人都是有職責在身要採訪是次活動,而我當時只有
負責水底攝影的部份,所以我就叫 Vickie 幫我安排好我最愛跑的 10 公
里距離。

可以直航到蘇梅島是幸福的，還有第一晚蘇梅島洲際酒店的加持，到了開跑的早上，我就差不多日出時分就到達，開跑時間為0600，我習慣比賽時早一小時熱身。很想分享一下，雖然經歷過上次象島拍廣告前的練習模式，我已經鍛煉為一個習慣虐待自己的人，不過在泰國跑馬拉松還真是對自己一種虐待。因為開跑前太陽已經出來了，在泰國的炎熱天氣下，有時下潛前在太陽下做個簡報也熱得要死，甚至有時水底也熱得防寒衣也不要穿，要在這個氣溫下跑完 10 公里真是少一點意志也不能，再長的距離真的不敢想像。幸好比賽路線沿途有海、山澗、公路等甚麼也有，體驗上來說是「快鏡」整個蘇梅島一次，最後我以 49 分鐘完成賽事也算是對得起自己了。

在泰國的炎熱天氣下，最後我以 49 分鐘完成賽事也算是對得起自己了。

長尾船是泰國南部海域上常見的傳統木造船

馬拉松過後當然是開始認真工作，兩天的潛水行程，負責的部份同樣是要滿足好所有傳媒需要的照片，目的地是龜島，潛水店也是酒店附有的，方便我準備潛水裝備及組裝好下水的相機跟防水殼。有點跟上次象島不同的是今次不是以船宿的方式進行，這次我們用了泰國傳統的長尾船改裝而成的潛水船。長尾船是泰國南部海域上常見的傳統木造船，是我最愛的船之一，他非常具有標誌性和獨特性，其特徵是他的水位非常低，底部平坦，非常適合帶遊客在沙灘上停泊時之用，而且長尾很寬，因此相對穩定。最前有一個木造的高弓，可以完美地應對波濤洶湧的大海；一般的長尾船多數用作帶遊客、渡輪、貨船和漁船等等，不

長尾船的特徵是他的水位非常低

多潛水店會用此作為潛水船，而且這間潛水店不是改裝，而是模仿傳統
長尾船打造的一艘真正的潛水船，有穩定性之餘也有一貫的泰國傳統木
船作風。我最喜歡的是長尾船的文化，每天出海的早上他們都會在船頭
的斜桅上放上禮佛的絲帶和花環，花環通常是每日新鮮的，而且出海時
會燒香燭以祈求好運。但是大家要記得，傳統上這是船最神聖的區域，
所以盡量就不要觸摸到了。我覺得有時除了專注潛水事情之餘也應該懂
欣賞潛水周邊的事和物，令我有機會通過潛水了解不同的文化，這很重
要，因為文化是了解當地的一條鑰匙。

因為該次行程只有兩天，主要是酒店南面的著名潛點 Shark Island 及 South West Pinnacle，以及西北面的 White Rock 與 Chumphon Pinnacle，所以又要密集式拍攝。當中給我最大印象的是 White Rock 的潛點，在龜島西北面的一個潛點，最大深度為 22 米，平均 12 米，是一個入門級別的潛點。在長尾船一躍而下，超級的水清，是我近年在泰國潛水最好的一次，能見度甚至比台灣綠島好，加上亞熱帶天氣 6 月份的氣溫，我已經幻想到這次潛水拍攝一定會非常成功的。不出我所料，超多魚，我們常用「風暴」來形容數以千條魚聚集在一起的時候，就像風暴一樣。在出發前我也做過許多關於龜島的「功課」，大家都說龜島是一個潛水員的「兵工廠」，出產大量潛水員的比喻，可能是因為周邊的配套方便而且物價又比較便宜吧。但當人次多，旅客多，以我的經驗，環境始終不多不少也會受到一定程度的破壞，但是在這幾個下潛中，或者在這個 White Rock 的潛點中，完全沒有這個感覺，各種魚類風暴、超密集的珊瑚礁、真的跟我幻想的有一點不同，當然這是十分好的事，這是大家想見到的事。而所有相片出來都非常之成功，White Rock 真是個不可以錯過的潛點。但最遺憾的是潛導在每次下水之前都叫我們留意多一點，看看有否鯨鯊出沒，潛導說原來每年的 3 月至 9 月也有機會遇到鯨鯊的出沒，可惜我們這次運氣有點背，算吧，我明白只要繼續潛水，總會有一次我會野生捕捉到牠的。

我明白只要繼續潛水，總會有一次我會野生捕捉到鯨鯊。

在長尾船一躍而下

壯觀的「風暴」

星級導遊

默默耕耘，意想不到的機會就會出現。

原來夢想工作都可以「升級」的，原本以為接過贊助旅行潛水，幫手拍攝宣傳相、拍過廣告宣傳片、當個潛水宣傳大使等等就是夢想工作的所有，但我想多說一次：「原來世界是可以這樣玩的！」

2018 年開始有幾間旅行社私下來邀請我擔任他們公司其中一位有關潛水項目的「星級導遊」，帶他們的客戶去潛水，而當中機票住宿、吃喝玩樂和潛水花費全數都由其公司一早安排

原來世界是可以這樣玩的！

好，全數包辦。而我全程擔任導遊職責，還有薪水，試想想這就是一個支付薪水的潛水旅行，食住玩，可以瘋狂拍照，還有各團友當模特兒，太瘋狂了，我想這個是夢想工作的「終極版」。其實我之前也做過類似的，設定一個潛水勝地，再組織團友，但都只是局限好朋友或學生，因為我始終都不是一個真正的旅行團，所以都是以小規模出發。但不同的就是一切都由自己一個人安排，所有花費都是自己負責的，大家也是各自付各自的，目的就是齊集所有志同道合的人出發去潛水，不過有時大家也會在旅程最後請我吃一頓大餐以作慰勞，我的心態就是大家可以一起潛水旅行，開心就好了。可能就是這麼多次的經驗，我的導遊技巧、

突發事件處理技巧、聊天技巧等等都得到賞識了，當然還有最重要的潛水經驗及知識才為我帶來這個「終極版」——支薪潛水團。其實，這樣的工作模式對我來說是最最最理想的，香港的 3 至 11 月為潛水季節，一般都是忙於潛水教學，本地潛水活動，忙碌得總是離不開香港的，偶然可能有一、兩個短短的外攝還可以，若日子太長便放不下香港工作。不過 11 月之後，進入了潛水的淡季，只有一些理論上的課程還有小量的乾衣課程* 之外，都是文件工作比較多。當然收入也減少了，但疫症前我總是可以把 11 月至 3 月的時間都安排為大家的潛水團，算是休息也好，給大家在有同伴之下去一個潛水旅行見識一下也好，給大家在香港考獲潛水證後大展身手也好，都可以把這個淡季填滿，好讓我或我們幾個教練也開心一下，放縱一下，養足精神準備來臨的 3 月再開始拼搏。這個模式由我從馬爾代夫回來後就開始了，而當時其實坊間是不多這類型的活動。

後來我接了好幾次帶團的工作，當中有一個國家，我更一年內連續接了兩次——印尼。我覺得是東南亞區內性價比最高的地方，價錢相對起其他東南亞地方可能稍微高一點點，機票也貴一點點，但是水底有不同的環境給大家選擇，而且更有許多珍貴的魚類或生態更是只有這個地方才欣賞得到。

* 乾衣課程：潛水乾衣是利用空氣阻隔身體與水的接觸為潛水員保暖，使用前需要先上堂學習怎樣使用，泛指乾衣課程。

支薪潛水旅行，是我夢想的工作。

既是工作，也是遊歷

這個地方真的是非常值得去

Sangalaki（聖加拉奇）

　　介紹一下這個神秘地方——Sangalaki。這裏除了潛水之外，其他事都是超級繁複，但是這個地方真的是非常值得去，可以的話我有生之年也會多去一次此地。

　　Sangalaki，其實是 The Derawan Islands（德拉旺群島）中的其中一個小島，而群島中最主要的分別為 Derawan（德拉旺）、Maratua（瑪拉圖亞）、Kakaban（卡卡班），當然還有 Sangalaki，四個島的環境都有各自的特色，非常適合潛水活動，所以一般去潛水都會一次過到訪

可以的話我有生之年也會多去一次此地

　　四個島。The Derawan Islands 位於印尼第三大省 East Kalimantan（東加里曼丹省）的 Celebes sea（蘇拉威西海），處於太平洋西部，史上最大的海洋生態保護計劃裏的「珊瑚大三角（Coral Triangle）」內，而「珊瑚大三角」是一個面積約 570 萬平方公里，一共橫跨了六個相鄰的國家，印尼、馬來西亞、巴布亞新畿內亞、菲律賓、索羅門群島與東帝汶。據資料顯示這是一個擁有超過六百種的造礁珊瑚、超過三千種的珊瑚礁魚類的區域，屬於最高級別的自然保育區，可算是全球海洋生物多樣性最高的地方。但說到這麼美好，這麼罕有，又為甚麼沒有很多人去過呢？甚至是聞所未聞呢？原因就是麻煩以及昂貴。「麻煩」就是

因為從香港出發別無他選，需要早上從香港到新加坡，由新加坡再到 Balikpapan（巴厘巴板），然後在 Balikpapan 過夜，再坐內陸機到 Berau（貝勞），然後一程車加一程船，第二天的下午才可以到達潛水店，而這個方法已是最方便，最有效率的。可想而知，「麻煩」是有多「麻煩」的；「昂貴」也是無可避免，只是旅途中的多趟機票、船費、加上中間的車資，還有一晚的額外住宿，這些費用加起來，可能比基本的潛水費用還多。偏偏就是「麻煩」以及「昂貴」使這個地方好像從未開發一樣，水底生態極為豐富多彩。但試想想如果以上所有的行程安排，交通費用、住宿開支，以及潛水開銷都是不用花費分毫而且還有薪水支付，你會選擇嘛？

正當與旅行社在會議中商討出發的目的地時，他們提議出這個其實我也是第一次聽到的目的地後，就馬上答應。這是難得的探險，縱使沒有實質上的經驗，但是準備功課我也做足 200 分，由交通到住宿、潛水加玩樂、生態及生物，準備得一絲不苟，最後在合作號召之下成功全團滿額。

水底生態極為豐富多彩

一行十人加上我，千里迢迢終於到達目的地。

我的 Sangalaki 9 日 7 夜潛水團正式出發。

一行十人加上我，千里迢迢終於到達目的地，The Derawan Islands，一個與世隔絕的地方，度過四天十五次下潛。

很多人都聽過帛琉的無毒水母湖，而其實 Kakaban 擁有世界上最大的無毒水母湖*，令我拍案叫絕，超多的水母環抱着每一個人，拍攝時我覺得隨便按一下快門都可以拍出有水準的相片，因為湖水多數比較清，第二是所有人進入水母湖都只可以浮潛，當在陽光之下，每個主體

* 無毒水母湖：湖水本來也是大海一部份，因地殼運動令海床上升令它逐漸與外海隔絕，除了草食性的水母外，其他生物因沒有充足養分而滅絕，而由於失去天敵，水母亦逐漸失去毒性，形成了無毒水母湖。

所有人進入水母湖都只可以浮潛

都有充足的光線，每張相片都有水母環繞着，看上去非常優雅，是一個非常值得去拍攝的地方。另外，在 Maratua 你甚至可以欣賞有三層樓高的海狼風暴，目測每條海狼也有不小於 1 米以上，非常壯觀，非常震撼，對潛水員來說實在是夢寐以求。當近距離拍攝時也就是我們説的「追風拍攝」，不過有時會出現非常大的水流，我試過在最強水流時舉高相機拍攝，但是水流大得差不多要把相機都沖走，相機上的閃光燈都沖歪了，所以有機會到這裏「追風拍攝」，帶備一個流鈎* 會比較安全，以防自己觀看或拍攝海狼風暴的奇景時被水流沖走。

* 流鈎：當潛水遇上抵擋不了的水流，大多會用上流鈎，一邊鈎着石頭或固定的硬物，另一邊繩子連着潛水員防止被水流帶走。

湖水很清，隨便按快門都可以拍出有水準的相片。

　　而 Derawan 因為地勢平緩，是一個非常適合海龜繁殖之地，島上更有一個當地設立的海龜保育基地，每年在海龜的繁殖期過後，小海龜孵化（7 至 10 天左右）之時，在這裏更可以看到小海龜一下一下從岸上爬入大海的可愛模樣。海龜在 Derawan 是超多的，可以説是氾濫，也正因為這樣，在保護區內，大概是一個標準足球場上下的大小，就有最多二十隻綠海龜，這意味着潛水員每次下水也幾乎能看到海龜！

既是工作，也是遊歷　　　CHAPTER ONE

四個地方之中，我最想分享的就是在 Sangalaki 發生的奇遇。

Sangalaki 也是 Manta Ray 常出現的地方，我認為比起大家熟悉的峇里島、馬爾代夫或斯米蘭群島都是要出現得多，至少，我整個旅程中先後遇過多於十條，亦成為我潛水中另一個奇蹟。

我們習慣地分為三至四人一組下水，而我就跟兩位潛水經驗比較少的團友為一組，在 Sangalaki 坐船出發向目的地潛水之時，船長突然大叫着看到有一群的 Manta Ray，為數十多至一百條，向着同一個方向游，幾條幾條排着，好像遷徙着。如果有看過《海底奇兵》的話，就像當中的魚群遷徙一樣，一條跟一條整齊地游向一個方向。

船長見狀立即改變方向，打算在途中或更前的位置落水攔截着牠們，同時間每組的團友與教練也聽從命令互相幫手穿好裝備並隨時候命跳下水，而當地教練建議我們這次下水最好以 Negative Descent*。Negative Descent 與平時的跨步式下水有一點不同，平時的跨步式下水我們都會把 BCD 充一點空氣，待跳下水之後得到足夠令潛水員浮在水面的浮力，我們一般會稱之為「正浮力」；而 Negative Descent 就是指潛水員跨步跳下水之前，不把 BCD 充氣，換言之就是一躍之後就會有足夠「負浮力」向下沉，多數因為水面水流太大、風浪太大或是盡快從船上跳入水底，減免浪費在水面等候的時間，以免錯失大好良機，當中要求準備的所有事比平常更嚴謹，因為下水後不會再次回到水面，萬一

---

* Negative Descent：像平常一樣使用跨步式進水，唯一不同是下水時要排走 BCD 裏的所有空氣，讓你直接跳進水裏，避免飄浮在水面被海浪帶走。

海狼風暴

準備不足以致有問題發生會比較危險而且容易失散。

　　我的責任是要照顧同行沒有太多經驗的兩位團友，其中一個在這次潛水戴上了一個新買的面鏡。順帶一提因為新的面鏡中，鏡面多數也會有些殘餘的化學品在表面上，令到鏡面經常會有霧氣殘留着，對視野會構成阻礙，所以用之前大部份都需要做一個我們稱之為「開鏡」的步驟。但是在這個緊急關頭，我知道已經沒有太多時間去處理或清理鏡面上殘餘的化學品了，只好跟他說塗上多一點的防霧啫喱，先解決燃眉之急。過了幾分鐘，船長大叫着命令我們做好最後準備，待他發號施令就馬上從船後面跳入水裏，我先處理好自己後跟他們作最後檢查。「JUMP！」船長命令我們。我先跳下，跳入水平線後我已經看到兩條 Manta Ray 在我前面，之後馬上轉身凝望着兩位下來，他們下水後給我 ok 手勢後，我就隨即舉起相機並且腳像摩打般的順流游到 Manta Ray 面前準備來個大特寫。突然我發現身後的團友只餘一個，另外的一位還在原「海」，原來是戴新面鏡的一個，我用半秒時間取捨着繼續影，還是回去看看是甚麼的一回事，但是……好吧，我就放棄了難得兩條 Manta Ray 在眼前舞動着可以拍攝的機會，衝過去了解是甚麼的一回事。原來是他聽了我說用了不只多而是超多份量的防霧啫喱，令到面鏡都起泡，左滑右滑，我嘗試替他調整，但他好像有點驚惶失措，最後我決定要令他放心，我手勢示意，上水後我們互換面鏡吧，我抓緊他的BCD，回到水面我二話不說除去面鏡就跟他交換還説：「你快趕緊跟未

婚妻下去吧，我自己處理好就跟最後一組就好了。」轉眼間他不見了，而我就獨個兒在水面清理多餘的防霧啫喱，還有等下一組的團友跟蹤水流到來，下水後，我看到後面的團友，心裏的孤獨也隨之而來。此刻，以為 Manta Ray 大遷徙已經跟隨前兩組離去的時候，我發現不知道為甚麼遲了下水的一組背後，有着，一，二，三，四，五，六條的 Manta Ray 遲到了，他們可能也沒有跟上遷徙的大隊，在後面左穿右插，比我之前遇到的兩條更近，更瘋狂，更精彩。當時我給後來一組的團友手勢「不用追了，你們後面全部都是」，餘下時間只有我們幾個人享受這六條 Manta Ray 的亂舞，爽爆。塞翁失馬焉知非福，有時失去後，會有更多美好、精彩的發生，水底世界真的是意想不到。我們完結這個下潛之後，一一回到水面，因為計劃趕不上變化，我由尾二的一組，意外墮後到最後一組，所以也是最後一組被接上船的，船慢慢接近時，已經聽到他們歡天喜地討論着他們剛才遇到的兩三條 Manta Ray，但我回到船上跟他們再說一遍我的經歷時，他們都大喊着為甚麼沒有安排他們到最後一組，為甚麼沒有跟我換鏡，為甚麼就沒有給他們遇上的悔怨笑話。我沒有一一回應，只笑說了一句：「再給我選多一次，我都是會選擇同一樣的，這就是天意，這就是教練的幸運，哈哈。」

Manta Ray 亂舞

沒有跟上遷徙大隊的 Manta Ray

教練的幸運

　　凌晨 0400，我跟兩個團友為了接下來這個下潛而早早起床準備，為了不打擾其他團友，我們都小心翼翼地收拾好所有潛水裝備及最重要的相機，準備好之後就要準時 0430 前跳入水中。這次已經是我們的第三天了，之前兩天還未看到想看的畫面，第三天我們都習慣了，每人都分別尋找自己理想的拍攝位置再查看，以及等待，或者再查看另找尋一個位置，而且大家只有 60 分鐘的時間，不然就要明天請早，或者有緣再見。後頜魚（Jawfish）就是我們要找的魚，正確來說是黃斑後頜魚（Yellow barred Jawfish），成年的魚身大概長 12-15cm 左右，跟成人手指般長。特徵是牠有一個超大的嘴巴，有一對超大的眼睛，在眼睛的瞳孔前上方有一條橙黃色的斑紋，傻傻的樣子，看上來極其可愛，這種魚類主要生活在淺的沙石地帶，珊瑚礁附近，牠不算是罕有的魚類，但這次 Sangalaki 的潛水團適逢是 Jawfish 的孵化日子，一個月才一次，其孵化日子只有 7-9 天，0430 至日出時間也正是牠們孵化的黃金時間。而牠們的孵化方式是有別於大部份魚類的，首先牠們由雄性魚負責當中大部份孵化過程，在孵化過程中雄性魚會將所有的受精卵含在嘴裏，用自己的嘴來保護着各顆未孵化的魚寶寶們。在這段期間裏，由於魚爸爸嘴內也被所有的「魚蛋」佔用着，所以牠整個過程中都不能吃東西，而且魚爸爸也會在適當時候從沙石的小洞穴探頭而出，並在安全環境之下小心翼翼反覆地張開牠的嘴巴讓還未孵化的魚寶寶們汲取流水帶來的氧

氣及養份。直到一天魚爸爸覺得時機成熟時，就會擠壓嘴巴令當中的魚寶寶們可以破卵而出。為了拍攝到此珍貴的一刻，我們除了每天正常的 3 至 4 次下潛之外，還不惜犧牲睡眠時間來碰碰運氣，說不定可以有幸遇上。頭兩天也是白忙一場，沒有任何收穫，有時只有看到牠們的蠢鈍樣子探出頭來，而且牠們若沒有打開嘴巴，我們都沒法得知牠們是雌性還是雄性，好彩的話牠們終於張開嘴巴，才會知當中是有卵還有沒有卵，總括而言仍是——運氣。這次我們下水後兵分三路，幸運的是當我們分開之後不久就給我遇上一條 Jawfish 探出頭來，更幸運的是被我窺探到牠就是魚爸爸正張開口製造水流給魚寶寶養份的那刻。之後我決定接下來所有時間就守候着牠，直到日出時分或是空氣用完，等待牠們孵化的一刻。過程中，我多次見到魚爸爸探頭出來視察環境，不定時都有張開嘴巴，經我兩日的觀察，這條魚爸爸比其他的探頭次數都要頻密，我估計在這天要孵化的機會應該大了。45 分鐘在水底趴着，身體完全靜止不動，連呼吸也要比在陸地輕而靜，目不轉睛地望着相機的拍攝視窗，半秒也不可有差池，手指更從頭到尾也離不開快門，全天候戒備的狀態。這狀態原來比起頂着水流更辛苦，又要看着，又要守着，又要不動，又怕會把牠嚇怕，也會摧殘之前所有的等待。再看一下手上的電腦錶，0515，距離日出不足 30 分鐘，可以做的也只有等待。雖然我未有過小孩子，但是在水底守候的時間真的有一份等待寶寶出生的感覺。忽然，我見到魚爸爸有不尋常的舉動，緊張的多次探出頭來，我知，魚寶寶快要出世了，兩次、三次，之後我見到魚爸爸有異樣了，下巴位置不

停內外擠壓，似人們要嘔吐的模樣，開始幾次之後牠口中的「魚蛋」開始有大幅度的翻滾，我又緊張得閉起呼吸，害怕得連一點點聲音也不想發出，幅度愈來愈大了，有大半的「魚蛋」從嘴巴擠出來，又吞回去，來回幾次，我緊張得心臟也快要跳出來了，我想最後一擊要來了，牠看到環境完全平靜之時，用下巴部位擠壓出最大的力氣，像人一般劇烈的咳嗽，不停地抽搐着，每次咳嗽都有一堆又一堆的「魚蛋」破蛋而出，數十條至數百條的小魚兒從魚爸爸的大口中裊裊游出，奔向大海。此時此刻我真的泛起從未有過的激動，可以的話我真想替魚爸爸大聲叫出來，喊出這個孵化過程的辛酸，同時鼓勵着所有剛剛出生的魚寶寶都要為未來而努力，不畏不懼。老實說，眼淚真的差點要流出來了，那一刹那的孵化也沒有這般激動，只是當了解過背後的意思，了解到魚爸爸的辛酸之後，加上幾天的期待，令我更加投入，甚至有置身其中的感覺。孵化的過程只有大概幾分鐘，完結之後魚爸爸又回到沙洞穴中，而我跟大隊都收拾好相機緩緩上升到水面，就剛好日出的到來為我們寒冷的身軀加添一番溫暖。從水面慢慢游回船尾的時間，晨光慢慢穿透黑暗照耀到我們身上，身體的疲倦，好像都被陽光從黑夜中趕走了，此時我們都好像有默契地收起平時上水時嘻哈大笑的討論，默默地回味着剛才發生的一切一切。

　　這就是我在 Sangalaki 最回味的一次下潛。

數十條至數百條的小魚兒從魚爸爸的大口中裊裊游出奔向大海,此時此刻我真的泛起從未有過的激動。

　　好多人學潛水,去潛水也是為了看一些壯觀的生物或景物,例如,大魔鬼魚、鯊魚、鯨鯊、各種魚類風暴等等,但原來在水底中這麼細小如 1mm 都不足的魚寶寶,都會令我如此激動,有這麼大的感觸。每一次看到一些未見過的大自然生態後,都會不禁想到人類就這麼的渺小,人生中還有多少東西是沒有經歷過,沒有看過,好運的話就活到 100 歲,慢慢蒐集不同的經歷,好好珍惜每一分每一秒,珍惜當下,及時行樂。

峇里島
——遺憾就是給下次再來的藉口

　　努力總不會白費的，當我的 Sangalaki 潛水之旅回來後，所有功課，相片以及團友都給該旅行社一致好評，很快就再一次被另一間旅行社邀請我為他們新開發的潛水路線為第一團的星級導遊，而且更信任地給我非常大的自由度，同樣由我決定目的地。

　　之前也提及過，印尼潛水是一個我覺得性價比最高的地方，當中的峇里島一定是最、最、最

印尼峇里島潛水是一個我覺得性價比最高的地方

好的選擇，而且能夠岸潛、船潛、交通、食物、購物等等都可以包括在
內的一個地方，除了主要的潛水活動之外，更可安排最後一天為陸地活
動，給大家有一個「不只有潛水的潛水旅行團」，加上我之前已有兩次
組團出發到峇里島的經驗，所以峇里島成為他們第一團的不二之選。

　　這次行程也是我從之前兩次的經驗交換而來的，亦是我覺得最美
滿的一次。

　　今次我們陣容浩大，一行 21 人，除了我還有天堂潛水員的另一位
教練 Hugo Sir 也同行。其實峇里島潛水都離不開三個目標，第一是二

戰時美國海軍的貨輪——自由號沉船、其次是 Manta Ray、最後就是世界上已知最大的硬骨魚——翻車魚，又稱 Mola Mola。

　　自由號沉船坐落在峇里島一個非常熱門的潛水地方 Tulamben，也是一個少有地以岸潛為主的地方，具體來說在這裏的十多個潛點都是可以從岸出發的，不需要用船，可想而知當地也一直有好好保護這個地方，不然近岸的良好環境一早就報銷了。但大家也不要因為覺得是岸潛反而覺對此難度沒有太大的要求，岸潛往往都會被人看輕而忽視了當中的危險性。因為要由陸地涉水行入潮間帶，水面平靜的時候很方便，是輕鬆的，但是遇上大風浪就會危險萬分的，容易失去平衡，甚至整個人倒地，輕則雙手擦損，沖掉蛙鞋，重則扭傷腳踝，所以大家小心為要。USS Liberty，全名為「美國自由號」，全長 125 米，橫臥在 Tulamben 的石灘上，是一艘二戰時期的美軍運輸船，在 1942 年某日在外海被日本的潛水艇魚雷擊中，擱淺在其石灘上，但在 1963 年又因為附近的阿貢火山爆發，噴出的岩漿直接將自由號沉船推入海中，變成了大量魚類的棲身之所。沉船離岸 30 米左右，基本上是從岸邊潛下去就已經會看到，水深最淺 5 米左右，最深大約 30 米，是一個只有開放水域牌照都可以參與的一個潛點。它的船艙空間超大，給潛水員很多空位可以左右穿插，好運的話更會看到納入第二級保育類的隆頭鸚哥魚群，每條最長的有 1.5 米，近 50 公斤重，每到清晨為數十到二十多條在淺水位晨運着，壯觀達震撼級別。在今次旅程中，我多去了一個新的潛點，在 USS

不同顏色的蝦虎魚

Liberty 不遠之處——Seraye Secrets，簡報中潛導不斷跟我們說在水底下有無窮無盡的生物給我們看，給我們拍，說得多麼精彩的。下水後，開始的十分鐘我根本沒有看到甚麼東西，甚麼珊瑚礁，甚麼大魚群，甚至大石也是少之又少，但是十分鐘之後導潛開始行動，他翻開一塊一塊的石頭，向一些細小的植物下手，甚至在表面上甚麼都沒有的黑色沙石上找，我們都摸不着頭腦。一會兒後，他開始指出一隻又一隻，超級微型或者毫米尺寸的小生物，有超多不同版本的海兔，無數多的骷髏蝦在同一棵植物中，不同顏色的蝦虎魚，不同品種的小蝦，甚至比手指尾甲還要細的 frogfish，還有不同顏色的，就像隨手可得，與其說是他隨意的找，不如說是這裏真的是一個微距天堂。如果你愛拍攝一些小動物或微距風格，你根本停不了手，至於我，當時潛完一次之後，我甚至提議不換位置，在此 encore，太誇張了，根本無法想像一個平平無奇的地方

比手指尾甲還要細的 frogfish

可以存在那麼多色彩繽紛的細小海洋生物，大開眼界。後來得知是因為從火山爆發出來的沙沙石石含有比一般沙石還要多的礦物，日子久了，小動物都慢慢佔一席位，並以此為棲息之地，令 Seraye Secrets 變得非常多樣性。

Mola Mola，翻車魚，是世界上已知最大的硬骨魚之一，平均長度1.8 米左右，而身體加以背鰭及臀鰭大約有 3 米左右，體重從二百多至二千公斤不等甚至更重的也有紀錄過。外型扁平，側面看過去就像一個橢圓形的碟子，加了上下兩支與身體比例不同尺寸的魚鰭，而且樣子超級蠢鈍，可以比喻為從「外星來的蠢鈍巨魚」。牠長居在深海，一到

二百米水深不等。這隻「外星來的蠢鈍巨魚」就為峇里島旅遊業帶來世界各地千千萬萬的潛水客來一睹牠的風采，我前兩次到來一共四次下潛都遇不到，到底今次我可以遇到嗎？

要一睹 Mola Mola 的風采就要來到 Nusa Penida 的 Crystal Bay，這裏的水流超大，大到有時需要前進時也要雙手並用，類似在水底爬行的動作向前，逆水流往前進。

Hugo Sir 本來與我一組的，第一潛的結果是甚麼都看不見，之後我們在船上用膳後再準備下水，下水之前，有一個同船而另一組的團友（下稱團友 J）「又」跟我說：「我的面鏡好像有點問題。」我憑着經驗從他的說話中覺得他除了面鏡上的丁點問題之外，實際上是這強度的水流，令他有點卻步，而「又」的意思當然是我即時回想起「Sangalaki 六條魔鬼魚奇蹟」的事，當然對我來說學生或團友的安全肯定是最重要的，所以我就分組上改動了一點，換我跟這位團友 J 同組，方便照顧。而這樣我就會跟 Hugo Sir 分開了。Hugo Sir 組先下，我們緊隨其後，下水後，團友 J 真的有點緊張，而面鏡也只是一丁點的導火線，加上之前的十次下潛也沒有問題，以經驗來看一定是心理上的問題，我一手捉住他，兩三下就安撫了他。但強大的水流下，我與 Hugo Sir 組分開了，我們只有跟着潛導沿着原有的路線尋找 Mola Mola 的蹤影，過了 20 分鐘左右，我在遠處看到牠們的身影，（Crystal Bay 整年都是非常水清的，所以很遠很遠都會看得到），因為距離太遠看到的就真的只有

來到 Nusa Penida 的 Crystal Bay

這裏的水流超大

廣角鏡頭都不能完全容得下那條 Mola Mola

身影，但慢慢接近我開始見到 Hugo Sir 不斷的手舞足蹈，並指向 60 米深水底的那方。我興奮地立即跟隨方向一望，在半秒中我「好像見到」Mola Mola 的蹤影，但不知道是渴望太久，潛移默化還是當時望下去 60米深的深處真的見到牠，但只有半秒之多，好像世界停頓了半秒之後，我立即衝到 Hugo Sir 旁搶去他的相機，一看，天呀，原來他們的一組，即是我本來的一組，真的遇上了巨大 Mola Mola 呀，而且還是超近距離。上水後他甚至形容到相機的廣角鏡頭都不能完全容得下那條 Mola Mola，還要退後幾尺才把牠收到鏡頭下，可想而知有多近多震撼，對比起我這個到訪了三次，Mola Mola 的記憶還是只停留在「好像見到」

的「感覺」，這次「教練的幸運」沒有落到我身上，原來好心不是一定會有好報的，教練也不一定幸運的。

算吧。上天給我再多一次機會，我都是會作一樣的選擇。這次峇里島潛水之旅總算有團友看到，感受到，因而開心過就好了，我也算完成職責了，雖然旅遊人經常說：「遺憾就是給下次再來的藉口」，但我究竟要再有多少次藉口呢，哈哈。

從馬爾代夫回港後到現在，我跟我的夢想工作不斷磨合，改變，想建立最適合自己的工作，從踏出第一步開始，由 2015 年的第一次自費組織潛水團去菲律賓，再到 2016 年受毛里裘斯旅遊發展局的邀請宣傳，再到 2018、2019 年泰國及台灣旅遊發展局的邀請，以及被幾間旅行社聘請為星級導遊，猶如自己在社會上的升職和加薪，或得獎。一路走來我不停塑造這份工作，多餘的削去，要凸顯便保留，務求令一切變得獨一無二，這一切都是我最想、最喜歡做的事，當然中間也有大家想像不到大量要處理的問題，大量鮮為人知的辛酸，然而我一直都堅持着，不安於現狀的追求進步。因為潛水學習當一個攝影師，就是希望為學生留下回憶；因為潛水考取專業的導遊牌照，為了帶給學生一個盡善盡美的旅程；潛水除了帶我踏足不同的世界，更帶我涉足意想不到的領域。從潛水中我得到很多，所以縱使微不足道我也想為潛水付出，去推廣潛水、培育教練。

潛水帶我涉足意想不到的領域

創立了自己的潛水店後，才發現當你真正喜歡你的工作，你會更努力認真，不斷有新的靈感，我想是因為近乎每天腦海裏都想着怎樣做會更好，這種感覺不會累，相反很快樂。當然要立刻放下一切，追求自己的興趣並不容易，但何不試試喜歡自己的工作？我相信因為喜歡，你會更願意尋求卓越，因而做得更好更精彩、更開心。有時改變，可以由心態開始。

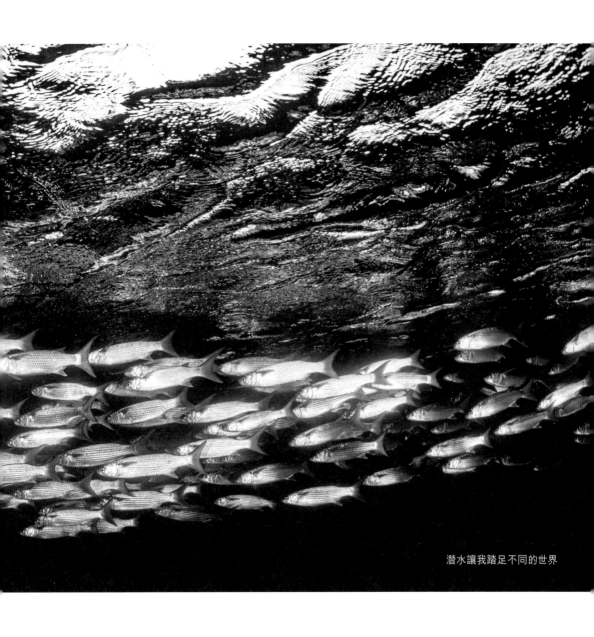

潛水讓我踏足不同的世界

只要是潛水，
沒有甚麼不可以

我差點就放棄了

　　可能大家都會聽過「千萬不要把自己的興趣變成職業，不然你的興趣會慢慢枯死。」但凡事都有兩面的，對我來說，只要是關於我興趣的又有甚麼不可以？只要有關於潛水的工作或事情，我甚麼都願意做。

　　以大家認知的潛水教練，教學是當中最重要的一環，或者當中的最大部份，沒了教學的支持，變相就沒有收入，但對我來說教學其實只不過是最基本的一環，因為我的興趣不只是潛水教學，而是潛水本身。我會以潛水為 Mind

我常出席不同學校的講座

Map 的中心，發掘出所有關於潛水的事或工作來填補我所有時間。

香港的潛季為 4 月到 11 月，即是教學為收入到 11 月為止。回港後的首兩年，我試過組一些潛水團帶學生到外國潛水，我試過不計成本，我甚至試過虧本來持續我潛水的生命。身體很誠實，我當然也有過艱難的時候，亦有想過放棄的念頭，尤其是沒有收入的時候。直接來說就是在戶口結餘到底的時候，總會想到轉行，找份安安穩穩的工作，或者簡簡單單找一些臨時工作來補償我潛季以外的生活費，這就是「馬死落地行」的概念，半年之後又是一條「潛水」的好漢，但當時我只想用潛水填滿我的生命。

沒甚麼，只是想頑固一次，執着一次，堅持着自己的興趣而已。

史上最尷尬的講座

這是我第一次在學校的講座的經歷。

當日安排了下午的講座，我一早準備好需要用到的物資，講座時給同學們用的面鏡、電腦、一些小禮物，還有我每次為不同對象例如大學、中學、一些機構等等而改的講稿，以求令他們更能代入。每次到學校都有同一樣的親切感，這份親切感不是因為校園本身，而是來自籃球場。自中學時期我已知道自己不是讀書的材料，成績每況愈下，甚至最後的一兩年中學生涯，每天小息，午飯，放學都是在籃球場，誇張地說整個中學生涯在籃球場時間多於在課室。現在每次進入學校，多數會先看到籃球場，所以定必會回想當時我中學時期頑劣的那個模樣，那個在操場不是打籃球就是把玩着各式各樣運動的我，懷緬過後，就要投入一會要演講的心情。老實說，由第一次的講座或分享會到現在，也有數十

學校的講座

我每次為不同對象如大學、中學準備不同的講稿。

次之多，即使到了現在，每一次演講前還是會有一種莫名其妙的緊張。
跟接待的老師打過招呼，跟校長見面也都是必須的，小時候總覺得要跟
校長見面都必定是訓話或是懲罰，所以每次見到校長仍有點望而生畏的
感覺，哈哈。

　　這一次的講座在小禮堂，課後活動的鐘聲響起了，我早早就把需
要的東西準備好，只待學生到來。鐘聲響起後不久有十幾個學生進來，
他們一直朝着負責的老師走去，其中的「首領」向負責老師查問後，那
一堆人又跳着，聊着，跑着一個一個離去，而重點的是當中沒有一個人
是留下來聽講座的。過了一會又來了一堆學生，原來是交功課的，很快

走了，比原定的時間過了十分鐘，坐在我前面的只有一個人，一個聽眾，我尷尬地問負責老師：「老……師，是……不……是…………他們不知道……今天學校……安排……了……講座……呢？」之後老師回答我，因為時間有點趕，所以只有在早會時提及過，他們有興趣的可以到來，他又繼續尷尬地說：「可……能……可……能……他們……今天也有別的事忙着……或可能考試……後……有很…………多……課後活動……吧……」我有點尷尬地以笑容回應。再過五分鐘，中間不斷有大量學生進進出出，唯獨沒有人留下來，我的信心開始有點動搖，是要一對一講座嘛？最後我在比原定的時間過了十五分鐘後開始演講了，不計算當中進來「涼冷氣」的，不計被負責老師懲罰而「禁足」在此的兩位學生，只有兩個學生是真的來聽我演講。雖然他們都非常給面子，都非常投入，也不時有好「丁點」的互動，但 40 分鐘內，「尷尬癌」充斥住整個小禮堂。其實對我來說是沒有問題的，我對所有分享會或是講座心態是「本來無一物」，我又不是甚麼大明星也不需要粉絲「撐場」，反而是負責的老師尷尬，不過我沒有再深究，我怕「尷尬癌」一再蔓延。

二人講座的時間好像過了一個世紀似的，之後我跟負責老師道別後也離去了，我從來沒有對外透露過這次學校講座聽眾的「人數」，我以為故事就此結束。事隔數年的夏天有一個陌生人從 Instagram 跟我查詢報名事情，完成報名後，他直說原來他就是當日的二分之一，OMG，事過境遷，連我都差不多忘記了那個史上最尷尬的講座，但偏

任何關於潛水的事，我都會樂意做。

偏那個史上最尷尬的講座為我帶來一個直接的收入。他說：「其實本來沒有想過去聽的，但是當日就是神差鬼使地到了，繼續聽下去就好像是個不錯的故事，所以長大後就找你們報名了。」在我印象中，多年來這麼多的分享會，沒有一千也幾百人為座上客，但是直接因為我的分享而來報名，記憶中就是這樣一個，亦是在最不完美的一次講座中兩個參加者的其中一個。

對我而言，真的「只要是潛水，沒有甚麼不可以」，哪管是只有兩個人關於潛水的講座，我也是全心對待的。在疫情前我是非常喜歡到各學校、各機構分享就我這一點點的所謂潛水人生的勵志故事或者在潛

水旅行上的一點一滴經歷，規模大至在一年一度的香港潛水展上作 VIP
講者或規模小至課外活動的分享，只要是有關於潛水的我一概都會答應
的，收錢的，沒錢的也好。當潛水這一件事由本身的一份小小職業到現
在我視潛水為終身事業之後，只要有關於潛水的事，我都會樂意做、樂
意分享的。

　　其實我是非常贊同把自己的興趣變成職業有機會令興趣都枯死，
原因是我曾經也如此感受過。作為潛水教練，潛水教學便可能佔去工
作上的大部份，甚至全部，在外人眼中，這就是把興趣作為自己的事
業，可以一直做下去了，將海洋變成辦公室，甚至連我起初也會有這
個想法，比起朝九晚五的大眾，「覺得」自在得多，有趣得多，但無奈

只要是有關於潛水的我一概都會答應的

若果一成不變，再完美的事，再美好的事，再有興趣的事，有一天也會生厭的。在我回香港開辦自己的潛水中心後三年左右，漂泊了好一段時間，開辦的潛水中心總算是平穩地發展，可算是不需要再擔心衣食，「出書夢」又的的確確達到了。但每天的自在、有趣、教學，開始慢慢變得不自在，不有趣，更不要說是每天都是一樣的教學，對我來說都是「手板眼見功夫」，慢慢地，我知道這樣下去的話，我會被這「厭惡」的心態擊倒，想過放棄或休息一大段時間，甚至轉行我也有想過。但我知道就算選了甚麼，終有一日同樣的厭惡性也會降臨，所以便開始嘗試着改變，改變一下潛水的工作。我開始邀請與我一起教學，一起出國的 Hugo Sir 幫助分擔一部份的課程，而我就慢慢開始接受各種類型與潛水相關的事和物，與不同的機構與公司合作。漸漸潛水的興趣隨着教學以外的工作，例如拍戲的安全指導、之前提及的泰旅局宣傳廣告、更多各式各樣的講座、當相機品牌的攝影師、跟幾個教練合作創建一個潛水的網站等等，甚至再執筆完成大家現在拿起的這書等等，從低點又慢慢高漲起來。雖然當中其實很多事都是徒勞無功的，或許只是為了完夢，為了嘗試為潛水帶來新挑戰，新衝擊，還有要重拾當時的熱血。

時至今日，所有厭惡都衝過了，要將興趣加到自己的事業上需要勇氣，更需要堅持。今日我做到了，亦希望明天或是以後的我也有同樣的堅持，勇氣及耐性，但我深信「只要是潛水，沒有甚麼不可以」。

香港潛水生活

「在香港潛水雖然沒有旅遊級的美境，沒有甚麼稀有的海洋生物，但香港的水域肯定可以滿足大家玩樂及考潛水證的要求。」這句說話是我每次出席大大小小的分享會或各媒體訪問時都會提到。

雖然香港沒有像我介紹的泰國、台灣、印尼、馬爾代夫等等地區有着特色的大型海洋生物，例如鯊魚和鯨魚，或能見度非常好的水質，但以我經驗，每當有學生上堂時，經歷過香港第一潛之後，大多數都會喊着「原來香港

香港潛水比想像中好

也有這個能見度」、「起碼不至於甚麼都看不到」、「比我想像中好多了，我以為真的甚麼都沒有」、「好多魚呀」，這一切都是學生們對香港海洋的真實感覺與第一個印象。

其實香港的潛水業都已經發展了一段時間，由幾十年前只有一兩間潛水店，而且只是有錢人的「高檔次」玩意，到現在每年也有從世界各地考獲教練牌的潛水教練回港後踏出來辦個潛水小店，當然八年前我也是當中其一，所以基本上在「本地」潛水的各樣基礎都已經有路可循，例如考潛水牌、潛水模式或地點。

香港的潛水業都已經發展了一段時間

在全世界下水、租裝備只需要出示潛水證，都會得到認可的。

　　其實考潛水牌跟考駕駛執照牌無太大差別，要開不同的車種要有不同的駕駛執照，要潛入不同深度當然要有對應的潛水牌，所以道理一樣，不同的是「後者」是國際性的，不論你在哪裏考取，只要是從認可的潛水機構發出的，在全世界下水、租裝備只需要出示潛水證，都會得到認可的。簡單來說潛水牌可以分為初級、進階、專業三個級別，以PADI（Professional Association of Diving Instructors）為例，初級就是當中的開放水域潛水員課程，進階就是進階開放水域潛水員及救援潛水員課程，專業就是潛水長或教練的課程級別。除了專業級別的課程，每個課程大多數以兩至四日為主，當中包含理論課、平靜水域課及開放水域課，三個部份。

香港潛水間中也有驚喜，海下的巨型水母。

　　在香港潛水，其實都離不開岸潛以及船潛，岸潛的話，潛點會比較少，而且通常交通都比較不方便。香港地少人多，寸金尺土，近岸邊的土地，不是建了高樓就是起了大廈，又或者已劃為商用及私人用地，而且香港沿岸土地發展更是一年比一年多，以至生態剛回復不久又再受到破壞，所以可作為潛水而近岸邊的真的是少之又少，多數只用作訓練或是練習為主。不過間中也有驚喜的，魷魚、八爪魚、frogfish 等我也見過。

　　潛水季節一到，每個星期六日的西貢早上就會多了一堆手拉着一大箱潛水裝備、背上一個超大的防水背包、帶着一部很重的潛水相機等等的常客，他們不是別人，就是準備出發船潛的潛水員！事實上在香港船潛比起外國也算是多了一份挑戰，不只是潛水員，還有潛導或是教練。香港船潛的活動其實跟外國模式都是類似的，一艘船滿座大約二十到四十人左右，視乎大小，多數以小組形式下水，但與外國不同的是香

香港海底能見度不太穩定，好的時候也有機會能達十數米。

港海底能見度不太穩定，好的時候也有機會能達十數米，不好的時候甚至只有半米距離，對潛水員每次都是一個不同難度的挑戰；而我，作為教練，就會祈求有足夠的能見度可以照顧學生，因為如果四人為一組的話，你要保持四人在一起而且潛完後大家都開心又放心，在香港這真的是一個頗大的挑戰；而大家都開心又放心之餘又能發掘特別的生物，是一種學問。香港雖然沒有太多大型海洋生物，卻孕育着不少微距小生

海兔在香港非常有名，出名在於有不同的顏色和品種。

物，例如海兔在香港非常有名，出名在於有不同的顏色和品種，很多水底攝影師都以收集不同海兔相片為目標，不過當然你要非常留心，因為牠們有時可比指甲更小。

除此之外，還要留意水下的環境，從起點出發，照顧着學員過程30 分鐘至 60 分鐘不等，之後往返原地，要準確無誤，從來都不是一朝一夕可以做到的事，所以亦有人説「在香港潛水，水底導航而每次都可以準確回到出發點的話，在外國導航就根本不會再是個問題了。」你可以想像同時間要身兼數職確實不容易，所謂的「Fun dive」對於教練或

潛導來說，可不全然「Fun」呢。話雖如此，我們還是不厭其煩地每個月至少一次包船舉辦 Fun dive，都是希望學生有更多機會潛水，累積經驗投入潛水的興趣，把我們潛水的熱情傳承下去。老實說，每一次都不比教班累呢，但我仍然盼望堅持下去。

香港潛水充滿着種種困難，不過亦不乏獨特的潛點。例如我最喜愛的潛點之一，最具香港特色的束壩。束壩是一個在萬宜水庫東壩外圍的一個潛點，你有機會找到海兔、八爪魚，甚至海狼群、大型魔鬼魚（有 12 人餐枱般巨大）等等。這裏沒有遍地珊瑚，卻有大量的防波堤的弱波石*在旁。平常行山，很多人都在陸地上觀賞過東壩的防波堤，不過潛下去近距離觀看更是十分壯觀，如果當日能見度良好的話，在水平面拍攝，可以為照片構圖上半部份是壯觀的弱波石，而下半部份就是潛水員在潛水，此景象是香港獨有的，絕對是香港潛水的特色之一。作為一個天堂潛水員，當然也時常到香港的後花園，港版馬爾代夫的橋咀島潛水。雖然它沒有真正的馬爾代夫美麗，但在漁農自然護理署 2020年的「珊瑚礁普查」結果中，橋咀洲東錄得當中最高的珊瑚覆蓋率，有83.8%！而且因為它的地理位置可以抵擋不少風浪，當天有不測之風雲，都會選擇到橋咀島潛水，也因為它是一個簡易的初級潛點，有很多教練也會選擇在這裏教班，出產了不少香港潛水員。

* 弱波石：是在海岸或堤岸邊放置的大型水泥塊，用來吸收海浪或大水拍打的衝擊以保護海岸或河堤。

只要是潛水，沒有甚麼不可以　　　　CHAPTER TWO

175

上半部份是壯觀的弱波石，而下半部份就是潛水員在潛水，此景象是香港獨有的，絕對是香
港潛水的特色之一。

東壩是一個在萬宜水庫東壩外圍的一個潛點

香港水底能見度時好時壞

　　若果問「疫情有沒有帶來一點好處？」

　　答案其實是「有的。」

　　在 2020 年初疫情爆發，潛季開始初期，香港的水底出奇的清澈，有非常好的能見度，本來並不特別，因為 4、5 月香港東面的水域能見度普遍都不差，根據以往經驗，5 月過後受水流影響，縱使天氣與水溫十分適合潛水，能見度仍是時好時壞，奇就奇在，此情況一直維持到 9 月尾，整整半年的時間。而且有不少罕有的生物亦異常活躍，儘管颱風過後水底的環境還是回復得出奇的快。思前想後，相信是有賴疫情早期，世界

有一班朋友來參加的，上船後每次都好像很久沒見一樣。

各地大停工，不少工廠停運，減少了流向香港的污水，令我們的水底生態復原了好一陣子。也許疫情，為我們帶來了美好的潛水體驗。

　　雖然香港水下的生態及環境不像外國有先天的優勢，但每當我們舉行任何潛水活動都引來全滿的人數，可想而知，大家對潛水的心是志在「其行為」多於環境，有時我會覺得潛水這個活動要列入為聯誼活動多過是一個興趣活動，每次船潛，都有人孤身參加，完結後，又結識到一班新的潛友聊着離開；有一班朋友來參加的，上船後每次都好像很久沒見一樣，除了討論潛水過程的喜悅之外，還會聊到近況或生活，多開心。眼見香港的潛水業可以一路一路成長，一路一路發展是很感觸良多，看着我們教練一手一腳教出來的學生，可以學以致用，融會貫通，更加是錦上添花，這更是我們最大的回報。

每次船潛，都有人孤身參加。

CHAPTER
THREE

船宿
就是另一種風味

船宿旅行，
令你樂極不返

如果一趟潛水旅遊，會令你樂以忘憂的話；那一趟船宿旅行，相信更可以令你樂極不返。

潛水旅行當中，大致可以分為兩種類。

第一種，亦是最普遍的一種——當地潛水（Local Diving），與平時的旅行無異，這個選擇可以在本身旅程上加上潛水的行程，出發前跟潛水店或酒店訂好日期、時間，之後就跟隨

定好的日子和時間到達潛水店就可以。潛水店或酒店會安排好裝備（如需要的話），視乎岸潛或者船潛，船潛的話更會安排出海的船隻；而潛水店或酒店當中有時會有所不同的，有一些比較大型的酒店會有自己的潛水店，這比較方便，而且彈性會比較大。如果有時是與三五知己一同的話，有機會可以以包團的形式，時間比較容易配合，當然價格通常會比較貴一點，但就是因為在酒店裏，屬超級方便吧；另外就是向潛水店預訂，我覺得這是比較好的，因為潛店的選擇比較多，而且價錢上可以作比較一下，有時還可以預先在一些網上的潛水平台上了解多些潛水店的資料才決定那一間比較適合，比較之餘又可以了解更多潛點介紹。

另一種就是船宿（Liveaboard），亦是我最愛的一種，意思是指潛水員的衣、食、住、潛都在一艘船上，10 至 30 人不等，視乎船的大小。一班人整個潛水旅程擠在一起，高度密集的潛水旅程，也是潛水員所謂的「食、潛、瞓」，不用計劃潛水以外時間的行程，每天只有不停的潛

水，一大班人不停聊天，還有每天不停的吃，不受限制的睡眠，這一種方式的潛水是我最喜愛的。

以我為首出發的潛水，有一半都是船宿，特別為潛水發燒友而設，當然我也是，完全滿足他們的潛慾。因為 24 小時都在船上，所以潛水的時間可以比較彈性，有時行程上到達某些特別生態的海域中，更會安排當日多達 5 次下潛。例如當日最早的——早晨潛（Early Morning Dive）是在早餐前的，而早餐後，中午前又一次下潛，之前回來午餐，午餐後一會之後連續多次下潛，而最後的當然是夜潛（Night Dive）。原因是早晨潛多數是為了觀看大型生物而安排的，而每天的第一次下潛，可以去的地方比較深，例如要觀賞菲律賓的長尾鯊，需要差不多在清晨五、六點就要下水了；而夜潛的話，多數是因為要觀賞一些小型或特別生態而安排的，又因為是當日的最後一次下潛，所以潛點多是比較容易或平靜的，又例如下文將會提及到的馬爾代夫的瘋狂護士鯊，就是要在日落之後下水才有機會看到。當然船宿的最主要目的不只是為了要「食、潛、瞓」，而是想潛水員可以在短時間去

船宿是我最愛的一種潛水旅行

到更多的潛點。當然每個人不同所求，不同形式也有不同的好處，但是以船宿為例，不用購物，不用考慮交通，不用考慮住宿的話，對某些潛水熱點比較適合。例如出名船宿的埃及紅海，因為紅海值得觀賞的地方太大以及太多了，所以要真體驗紅海潛水的潛水員十居其九都是船宿的，而且要參加不同的航線才可以體驗到不同的潛點。又例如馬爾代夫，眾所周知馬爾代夫要訂一晚比較高級的酒店價格也不低，而且馬爾代夫有80%的陸地海拔不到一米，誇張的來說海洋的比例超過九成，所以不是船宿潛水的話就可能只欣賞得當中的一小小小小部份而已。另外還有所羅門群島、澳洲大堡礁、加拉帕戈斯群島、印尼四皇島等等，也都是船宿潛水的熱門之處，所以，船宿潛水就真的給你機會完完全全，實實在在的「食、潛、瞓」！

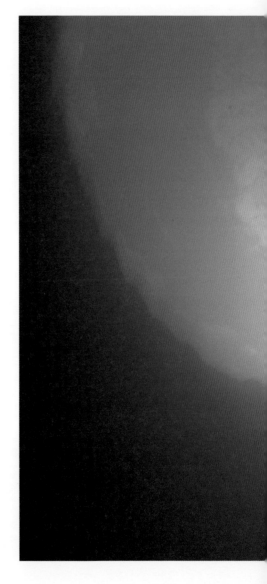

早晨潛多數是為了觀看大型生物而安排的

斯米蘭群島

　　好多潛水員的第一次船宿都是在此獻出的，一來泰國對我們香港人來說就是一個非常方便的國家，而且在斯米蘭群島潛水的範圍不算大也不算小，所以船宿來說很方便而且不需要太多假期，大多數三日兩夜，短時間體驗一下船宿，小試牛刀，以我經驗大家經歷過船宿形式的潛水，九成九的人都會上癮！斯米蘭群島主要的潛點就是 Richelieu Rock，這亦是泰國最出名的潛點之一，Richelieu Rock 是一個被珊瑚包圍的神秘礁石，在茫茫大海中的一塊大礁石，礁石的最頂部也只有在退潮時才僅僅看

Richelieu Rock 是一個被珊瑚包圍的神秘礁石

水面以下的岩石大致呈馬蹄形

到，從上而下望 Richelieu Rock 在水面以下的岩石大致呈馬蹄形，由幾組岩石、尖峰和小洞穴組成，最大深度約為 35 米，而大部份可以在 8 至 25 米處進行，曾經入選了 CNN 十大潛點之一，還有一點令大家對這個斯米蘭群島或是 Richelieu Rock 更添神秘感的是這個地方每年也有限度開放，在每年 11 月中下旬至翌年 4 月，保護當地，不致於每日都有人到訪。

我的到訪也是因為一次泰國的宣傳工作，在 2018 年 12 月為泰旅局拍攝海底宣傳照，我還記得這次是公幹以來我最趕上機的一次。

出發當日同樣是香港國際潛水暨度假觀光展（下稱香港潛水展）的同日，香港潛水展是每年潛水界最大型最隆重的一個潛水展覽，一個融合了各樣有關潛水相關產業的展覽，包括水肺潛水、自由潛水、浮潛、技術潛水、潛水裝備、水下攝影、海洋保育等等的資訊，多數是在 12 月舉辦的，方便各行家都在淡季有時間作準備或參展。當時我亦有幸在第二年成為其中的 VIP 講者，而且當日撞上了兩場的演講，導致我忙個不停，甚至要泰旅局的職員在機場久候，剛剛趕得了上機的最後一分鐘。

這一次也是我多年潛水以來第一次被潛導訓話。是次的斯米蘭拍攝工作要求非常嚴謹，必須要拍到最精彩的照片，有機會拍攝到大型生物便更好了。原因也像剛才說，斯米蘭群島就只有每年 11 月中下旬至

我有幸在第二年成為其中的 VIP 講者

翌年 4 月開放，我們正是第一批到訪的，拍攝需要配合已安排的宣傳活動、新聞稿、報刊雜誌等等，吸引各方面的潛水員趕及 4 月前來到訪潛水，所以責任重大，是有點壓力的。三日兩夜的船宿，今次 Hugo Sir 也有同行出發，他責任就是當水中的模特兒，我們都合拍了一段時間，大家都很有默契。記得我們上船的時間是黃昏左右，而第一次下潛就是隔天的早上，這是少有的安排，多數是因為第一個潛點也比較遠，所以船程比較久，才不浪費晚間的航行時間。潛水員與潛水員最有效打開話題的當然就是潛水，以我經驗，不論船上的潛水員是來自五湖四海或是大江南北也好，經過第一次下潛後，大家都會「雞啄唔斷」地聊天，大家都好像相逢恨晚似的，我個人稱之為「船宿聊天定律」。

潛水令來自五湖四海的大家連繫在一起

　　與相機共處了一個晚上，終於可以潛水了，眾所周知第一個是
Check Dive，除了給潛導了解組員的能力之外，攝影師也會為該次潛水
調校出最好的設定或是測試新的裝備，例如閃光燈的角度、相機防水殼
或是設定不同模式。我們一行 13 人分為幾組，我與 Hugo Sir 跟 Yoko
（對！就是鼎鼎大名的攝影師 Yoko Summer）為一組，我們三人聽過
簡報就準備下水了。首個潛點是 Koh Bon West Ridge，以黃色軟珊瑚
及巨型海扇見稱，大型生物並不常見，所以我們也別無他求，一心就是
盡可能在 Check Dive 中調好相機在一會兒或在最後的 Richelieu Rock 拍
到最好的照片。

鼎鼎大名的攝影師 Yoko Summer

　　下水後，我們都以調校相機為主，想着跟隨潛導走就可以了，時隔半小時，大家熱身過後相機也設定好了。怎料一陣強大的水流湧現，我們應該是進入了一段水流的區域，大家都忙着照顧好自己的相機以及保持好組形。當時雖然水流頗大，但是能見度也不錯，大家相隔一段距離也清晰可見，我們逆着水流而行。突然，我發現一張「飛毯」竟然出現，正正在我們的頭上，絕對是意料之外，我跟 Hugo Sir 發現後，即時非常有默契地游開，他有他當模特兒，我有我拍攝，我們的配合少有失手的，而且要在逆流之中穿插拍攝，難免有機會遠離同組的組員。之不過機會難逢的，錯失了今次，下次或明天再遇不上這趟也算是失職，

我與 Hugo Sir 跟 Yoko 為一組

我清楚這次機會一定只是偶遇，因為以魔鬼魚的習慣，牠們會停留盤旋的地方是只有在其清潔站*，所以我們盡可能在魔鬼魚未有離開之前，用盡方法拍攝。五分鐘不到牠走了，我回看相機的照片，尚算成功，然後給 Hugo Sir 一個眼神，再給 Yoko 一個眼神示意 OK 了。之後我們發現潛導一直在前方，逆着水流而行，而我們因為太投入拍攝以致墮後了一段距離，惟有奮力趕上，我們會合後潛導也給我們手勢上水，在安全停留的時候感覺到勢色有點不對，潛導對我們非常不滿。5 分鐘過後，我們回到水面再返回船上，潛導第一時間「召見」我們在船頭甲板上馬上「檢討」剛才的過程。我們三人你眼望我眼，卸下裝備馬上就奉命走到船頭甲板上為剛剛下潛「檢討」，其實也不算是檢討，因為他二話不說就給我們訓話了一輪，不應該只顧拍攝，不應該不跟着我走，不應該分頭游走等等，一大輪的「你們不應該……」就完結了這場檢討。

過後我們三人也「檢討」了一會，但最終也成為了分享會，分享剛才的角度、閃光燈效果或過程等等，完美演繹「船宿聊天定律」。完結之後我們去打聽一下該潛導的來歷。不出我所料，他是一個頗為新的

* 清潔站：有些魚類或龜，例如大魔鬼魚、鯊魚等每隔一段時間會在某個位置聚集，讓小魚把身上的寄生蟲或壞死組織吃掉，這些位置會被稱為清潔站。

我發現一張「飛毯」竟然出現，機會難逢。

我們盡可能在魔鬼魚未有離開之前，用盡方法拍攝。

潛水教練，經驗也沒有太豐富，所以他的出發點也是安全為上，只是過份緊張而已。當然我們三人過後也有找他解釋，因為我們太需要這一次偶遇等等，還有跟他解釋我們也有好好保護自己，我們尚算有多少經驗分析到當時大家也在可見範圍以內。經過大家一輪分析過後，大家都安心了，後來一、二次下潛後，我們也成為朋友了，甚至也「雞啄唔斷」地聊天，而我認為我們之間的「誤會」也有部份是因為沒了第一天潛水的「船宿聊天定律」構成的，哈哈。當然我們之後也有照顧着他的緊張，之後每個下潛也慢慢地跟着他，最後整個行程最好的功課也就是這個與魔鬼魚的偶遇，而這幾張魔鬼魚和 Hugo 的合照也成為了泰旅局日後活動的巨大佈景及鋪天蓋地的新聞雜誌相。

對我來說，這敞旅程唯一美中不足的地方就是船宿上的膳食。別誤會，問題不在食物，完全是因為自己。這次目的地是泰國，所以船上的菜都是以泰國菜為主，我眼看這數天同團其他人都吃得津津有味，也很羨慕，可是對我來說就是一種折磨。首先我並不是一個不喜愛泰國菜的人，相反我是極度喜歡的，只是泰國菜的特色多數也是以辛辣為主，可惜我天生腸胃偏偏就是對辛辣頗為敏感的，往往享用完辛辣的食物後，接連半天或是一天就會有機會感到肚子不適，以我了解自己，機率也有七到八成。試想想任可一個狀況：在船上、穿上防寒衣後、準備跳下水時、在潛水途中，甚至拍攝期間等等，人有三急需要去廁所之時，有多麻煩，有多尷尬呢！所以如果我知道後一天要有潛水工作或是教學的話，我便會一律拒絕

我最喜歡在水底為潛友拍照

進食所有辛辣的食物，丁點也不會，是我個人的小習慣。而這次船宿是工作關係，同時船上不會準備太多額外的資源，而且我更不想大家因為我這個小麻煩而少了一種在泰國家的享受，所以我除了早餐之外，午餐、晚餐我都只是吃幾碗大大的炒飯就算了，眼看他們快樂就好，惟有留在最後一天才大吃大喝吧！我也趁機提提大家若果對膳食有特定要求，例如素食主義者，出發前記得通知一下潛水店或是船家你的需求，好讓人家早一點為大家安排，不至像我五餐都是炒飯吧。

船宿就是另一種風味　CHAPTER THREE

馬爾代夫

　　馬爾代夫不一定只是度蜜月的專利，其實馬爾代夫船宿潛水是非常出名的。

　　如果要説船宿潛水性價比最高的話，一定會是馬爾代夫。

　　相信大家都聽過馬爾代夫，但多數都是以下兩個原因：第一就是在《麥兜故事》中，麥兜被電視廣告吸引，想去馬爾代夫旅行，由於麥兜家庭經濟緊絀，麥太只好跟麥兜去山頂，以山頂纜車扮飛機，當是去了馬爾代夫一趟這一幕。第二個原因就是誰的朋友結婚時去了馬

馬爾代夫是潛水朋友人生中不得不去潛水的一個地方

馬爾代夫每個環礁也有着不同的海洋生態

爾代夫度蜜月，但當有了潛水牌之後，馬爾代夫也定必掛在各潛水朋友的口中，成為了人生中不得不去潛水的一個地方。

到馬爾代夫潛水或住宿，其實有三個「玩法」的。第一種就是最普通以旅行方式，找一間合適的酒店就好了，酒店當中十居其九也有駐店潛水店，你每天一方面可以享受酒店舒適的設施，另一方面亦可選擇數天潛水去。可是潛水的範圍也有了限制，雖然仍然可以坐船，但可到達之處就有限了。其次就是住宿當地的居民島，整個馬爾代夫約有一千二百個島嶼左右，粗略估計當中約有一百六十六個島嶼有酒店或度假村，另外有二百多個島嶼是有居民生活的，其餘的尚未發展，而二百

每有些環礁以擁有豐富魚類而著名

多個居民島當中也有些會有小規模的民宿給旅客住宿或潛水的，這個選擇肯定會是比較經濟的，可以吸納更多背包旅遊人士，而且彈性也比較大，日子長的話甚至可以作跳島住宿及潛水，令可到之處也大大增加了。最後，當然就是船宿了。在當地船宿潛水已經不是新鮮事，已發展一段非常長的時間了。馬爾代夫有 26 個環礁*，而每個環礁也有着不同的海洋生態，有的是以漂亮的珊瑚出名的，有的是以鯊魚出沒而知名的，有的是以擁有豐富魚類而著名的等等，所以如果以船宿潛水的話，可以到訪不同環礁，範圍一定比前兩者都廣，可以用有限時間，有限的價錢，看到更多東西，這就是為甚麼船宿潛水在馬爾代夫特別蓬勃。

* 環礁：由珊瑚礁形成的環狀或部份環狀島嶼，中間圍繞着潟湖。由於形成過程與環境的變異，環礁的輪廓除了圓形之外，亦有橢圓形或其他不規則形狀。

有很多人會稱呼自己常去旅遊的地方為「鄉下」，我的「鄉下」不用多說就是馬爾代夫！在我的鄉下，船宿的質素有時是可以很參差的。在馬爾代夫工作了一段時間後，我會把當地人分為兩種人，好人與壞人，沒有中間。若船宿中遇上「壞人」實在是一種煎熬，當然所謂壞人並不是害人的那種，只是他們會為了自己利益用盡千萬個謊言去掩飾另外的謊言，而外人是察覺不到的。例如會因為船程太遠不想多耗燃油或是不想多花時間，會跟你說那個地方不好、那個地方已受破壞之類的藉口；又例如有些船的頂部會有按摩池或是燒烤爐，他們也會用壞了或是只有某特別時間才可以用的藉口拒絕，但原因只是他們不願做太多事情；有時他們用盡藉口要提早上水，不是說自己氣量不足，就是說看錯電腦錶，又或是迷路了，但原因就是他們在這裏潛過了太多次而不想帶客人潛水了。就這些問題大家可能會覺得各樣事情也是巧合地發生，但時間久了，以上所有事情我都一一「以為」巧合過後，習慣過後，我再尋根究底後，最後十居其九都是謊話來的。所以有時與當地人打交道，也要提防多一點，保障自己多一點的。話雖如此，我遇到的大部份都是「好人」，大家也都不用太擔心！

船宿會遇上不同的人，幸好我遇到的大部份都是好人。

超大量的魚

　　Fish Tank 是一個距離馬爾代夫首都馬累不遠，一個意想不到的潛點，多數在船宿中的頭或尾站。你在世上絕不會找到同類型的潛點，這個潛點是在我第二次在此船宿時發現的。Fish Tank，顧名思義就是一個魚缸，嚴格來說，這不是一個潛點，是一個廢物棄置區，棄置吞拿魚工廠多餘的魚殘骸，魚頭、魚肉，甚至魚骨等等。大家要在一個吞拿魚工廠下的珊瑚區內下潛，部份的魚殘骸就是棄置在其中，而所有的氣味會把其他魚都引來，長年累月之後，牠們也長居於此，而且魚也愈來愈多，有超大量的魔鬼魚、超大量的 Banner fish、超大量的 Moorish idol fish、超大量的 Powder blue tang Fish 等等，我沒有打錯，以上所有魚

所有魚類真的是「超大量」

類真的是「超大量」，除此之外還有一種超級罕有的鯊魚，也在我的
「Must see list」中頭幾位。

　　在這次下潛之前，我從來沒有想過可以達到那麼多魚的程度，在
潛導的下潛簡報他只是不斷地說很多很多。在我的人生中最多魚的一
次印象應該是前一篇的 Richelieu Rock，在 Richelieu Rock 下潛時多
魚的程度可以說是魚牆，有時更需要用手嚇退牠們一些些才得清晰看
到後面，但我在馬爾代夫的 Fish Tank 下潛之後，這根本取代了我在
Richelieu Rock 的印象，我們甚至有機會看到「結他鯊」。他提及的一
刻我急不可待想跳下去了，這個種類的鯊魚是非常罕見的，根本是可遇

下潛時多魚的程度可以說是魚牆，有時更需要用手嚇退牠們一些些才得清晰看到後面。

不可求。結他鯊的外形就是魔鬼魚與鯊魚的混合體，而且長長扁扁就像結他一樣，外形非常特別。在吞拿魚工廠的能見度不會太好，接近海床的地方不會有太多的陽光，而偏偏結他鯊就藏於海床裏我甚至緊張得下水前已經調校好相機的一切設定及閃光燈的角度，以免目標出現時手忙腳亂，錯失良機。

　　下潛後，我將所有目光都集中到沙石混合的海床上，大約只是五分鐘，我二話不說發現一條超長的生物以高速游過我們的面前，我仔細看一下，原來就是一條差不多兩米長的結他鯊跟兩條也有半米長的鯽魚迅雷般地經過，幸好我在上面調校相機的設定也剛剛好拍到這一刹那，

因為這一瞬間根本沒有機會再作出調整了，這是我唯一遇上結他鯊的瞬間。慢慢水開始變得明顯的混沌，魚也開始漸漸多了，我大概猜到目的地應該到了，我開始看到水底有超大的魚骨，從下而上望上去，根本就跟平時的珊瑚礁不遑多讓。愈游愈近，奇景出來了，首先是幾類不同品種的「魚牆」，前面是 Banner fish 的魚牆，後面就是 Moorish idol fish 的魚牆、右手就是 Powder blue tang fish 的魚牆，每一面都是一道不同類型的「牆」。沒有誇張，我最愕然的是每幾分就會有一群魔鬼魚像遷徙般，幾十條的從右到左，左到右，四方八面飛過，這個場面我只可以只曾在《海底奇兵》內看過。下潛完結之後，我們每人都異口同聲地說身上好像沾了點魚腥味回來，畢竟我們都是從一個魚殘骸的棄置區回來。但在這個奇景背後，也算是在一個不太衛生或不太被保育的吞拿魚工廠下潛水，是他們的胡亂棄置才有以上的奇景，所以下次選擇去與不去就看看大家的意願了，但這次下潛真的無一刻不驚訝。

我曾被形容，在船上我若不在房間裏，我必然就在餐廳。對的，潛水中的我的確很大食，經常處於飢餓狀態，「食」真的很重要。很少聽到在馬爾代夫有代表性的美食，的確各船在膳食上的款待也可以有很大分別。我嘗試過最「地獄」的馬爾代夫膳食有：咖喱香腸、咖喱白焓雞蛋、蒸香蕉、咕嚕西蘭花、西蘭花炒飯、芝士焗紅蘿蔔、紅蘿蔔炒椰菜等等，真的不堪回首；相反美味極的膳食也遇過，龍蝦、刺身、即製Pizza、泰式冬陰功湯等等，奉勸大家出發前了解一下船上的膳食是偏

這是我唯一遇上結他鯊的瞬間

一群魔鬼魚像遷徙般，從四方八面飛過。

向哪一邊會比好,不然我有時也習慣在上船前或出發前多帶幾個即食麵傍身,以備不時之需。在嘗試過地獄大餐後,往後在籌辦馬爾代夫船宿團時我也很重視船上的膳食呢!

　　大餐過後,也迎來我很喜歡的夜潛。在外國一般的夜潛都是靜態為主,大多數潛水員都會以微距拍攝為主,因為魚在晚間也是靜態較多,但是在馬爾代夫的 Alimatha 夜潛的話,就是與別不同,你會看到生物在晚間動態的一面。這是我第一次在 Alimatha 夜潛的經歷。日落之後,我們準備好夜潛需要的電筒一個一個跳入海中,開始的時候漆黑還未吞噬整個海洋,還有一點點黃昏的光,直到潛導用手勢叫我們跪下來,時間剛剛好,兩、三分鐘後要上演的好戲開始了。開始的時候,只有兩、三條護士鯊在附近游走,盤旋,再過一陣,四、五條又來到,我也忘記了多久,周圍的護士鯊都蜂擁而至,東南西北各個方向出現。在水中電筒的光線就是潛水員的視線範圍,猶如舞台上的聚光燈,這個情景就正正好像各個潛水員在用聚光燈找那個神秘的主角出現似的,而且在漆黑中,的確是帶點令人生畏的感覺。鯊魚左右亂飛,猜不透牠們的軌跡,有時牠們甚至會盲目地撞向你的手腳、身體,緊張又刺激。當然護士鯊也是大部份善良鯊魚的其中之一,所以也不會有甚麼危險的,大概害怕的就是在未有發現牠們出現之下撞向潛水員的身體,真的有機會嚇得在水底叫出來。這絕對是一個十分美妙的一個晚上,與我最愛的鯊魚。

在水中電筒的光線就是潛水員的視線範圍，猶如舞台上的聚光燈。

紅海

　　埃及，是個95%為沙漠的國家，領土跨越非洲及亞洲，對亞洲人來說，是個偏遠的國家。當中的紅海，位於非洲東北部與阿拉伯半島之間，鳥瞰圖上是類似一個狹長型的長條海溝，也是世界上鹽份最高的海域，鹽度在3.6-4.2%之間，而海溝中部就像一個倒轉了的山峰，V形的藏在海裏；天氣為熱帶沙漠氣候，全年高溫，不僅如此，其雨水稀少，因此落入海中的沉積物也相應減少，所以這裏有着特別清的的海水，夏天時份能見度有40至50米多，其餘日子基本上也有20至30米以上的能見度。

埃及是個沙漠國家

埃及面臨紅海，位於非洲東北部。

這裏有着世界上水溫和含鹽量最高的海域，加上獨特的氣候使這裏的珊瑚和魚類種類都非常豐富。說到水中生物，在這個獨有的優勢中，紅海締造了超過二千多種海洋生物，當中包括一千多種魚類品種，超過二百多種軟硬珊瑚，以及十多種鯊魚，加上特有的地形也是海豚、儒艮、鯨鯊的聚居之地。除了生物，也有非常多充滿歷史痕跡的遺物散落在紅海中，例如二戰沉船、大炮、戰車等等。

雖然紅海的水底下是這麼多姿多彩，有鯊魚、有海豚，又有大量沉船潛點，但其實要順利從香港到達埃及紅海省首府內陸屬到洪加達，

紅海的水底下多姿多彩

並不只是一程飛機的時間，需要到達埃及首都開羅之後乘搭內陸機到洪
加達，由香港出發到開羅，從 2019 年起剛剛恢復直航，但不是每天提
供，所以轉機是大部份人的首選，而中轉站也有頗多選擇，土耳其、泰
國、廣州、杜拜等等都是熱門的轉機點。行李有時規定需要清關，亦有
時不需要，但多數都是直送的，而且當中航程比較長，一旦中間出現甚
麼小問題，行李都未能準時到達。試過有數位團友在到達後，要待上幾
個小時或一天行李才到手，以致行程有時需要延遲或作改動。最厲害的
是 Hugo Sir 的行李試過延誤了兩天，他的所有衣物，以及所有潛水裝

備都一一存放在行李中，而隨身只攜帶了比去野餐用的手提行李還要小的手提行李。經多方面的聯絡後，航空公司說最快兩日才會運抵，可是我們船宿的行程每天都是非常緊湊的，所以他在沒有辦法下只好在上船前的幾小時在附近的鄉村市集內買回一切所需要的衣物，好笑的是當中衣服還帶有點埃及風格。而其他日常用品就靠我們所有的團友捐贈和補給了，潛水船剛剛有後備的潛水裝備，加上部份我後備的裝備，總算讓他在各團友的「救濟」下完成了七天六夜的船宿。我覺得他比一般的背包客還厲害，也算是我看過的人中，第一個以背包方式就完成了一次8,000公里遠的紅海船宿者。

兩次到訪，也是以公幹帶領潛水團的形式，都是以船宿進行，在比較偏遠及廣闊的地方內航行，潛水員船宿的船大多都是堅固的大鋼船，一般比較豪華，而且載客量都比其他地方船宿的較多。在紅海，有令我最回味的旅程，有我最愛的鯊魚，有成群結隊的野生海豚，更有非一般的沉船。

我人生中第一次跟鯊魚零距離接觸。

世界上最大機會潛水看到遠洋白鰭鯊的地方——Brother Island。2012年被CNN推選為全世界第九個最佳潛點之一，如果去紅海潛水，而沒有到過Brother Island的話，可算是白到了。我到現在也記得牠第一次出現在我眼前的一刻，當時是我在下潛了大概40分鐘之後，差不

紅海水底有大量沉船潛點

遠洋白鰭鯊，是世上第三類最危險鯊魚之一。

多回到潛水船的附近，突然，耳邊傳來一連串的金屬敲擊聲，噹噹噹……噹噹噹，霎時間，我知道牠出現了。憑藉聲音傳來的方向，大概猜到是當時的潛導發出的，我立即轉向他，他用手指指向另一個方向，神態緊張又焦急。我沿着手指方向望過去，沒錯，紅海最標誌性的鯊魚真的在眼前出現了！是我整個旅程最期待的東西——遠洋白鰭鯊（Oceanic White Tip Shark），被列為世上第三類最危險鯊魚之一，危險僅次於虎鯊（Tiger Shark）之後。那「氣勢」令我不期然地屏氣凝神，特別是牠游到我身邊的一刻，我跟牠對視起來。牠跟我的高度和體重好像沒有太大的差別，但是那過「人」的氣勢真叫我緊張又興奮。近距離注意到牠的游動姿態，真的不愧為水中霸王，看似不動聲色，但異常流暢，尖而長的頭部，好像F1賽車裏的戰車；兩邊的側鰭比起

其他的鯊魚好像比較大和寬闊，修長的身形就是其中成為水中霸王的特質之一，給牠在水中自由無阻。這一次是我遇上鯊魚而最緊張的一次，牠每近一寸我心跳又加速起來，我曾聽聞鯊魚能感覺到對方或獵物的心跳，如果獵物的心跳是過份異常的話，牠就可以判斷自己為佔上風的一方，但此刻又有誰可以冷靜？

是次旅程還有一個有關於鯊魚而又驚又喜的事發生。

有真正了解鯊魚的人也會知道，其實鯊魚不是那麼有攻擊性的，除了那兩三種之外，而且牠們有大近視，日常也不太着重視力，相反其嗅覺就非常靈敏，所以最重要的是千萬不可以在有鯊魚出沒的地方小便，其氣味會吸引到牠們，進而跟隨着潛水員，還有機會作出攻擊的；其次是牠們對震動也是特別敏銳的，例如潛水員的蛙鞋不停擺動，尤其是接近水面時，牠們是會習慣從後追上的。記得那次下潛，是當日第三次下潛，大概是下午四點左右，該次潛水也是以看到遠洋白鰭鯊為目標，一組八人加上潛導九個人，幸運地我們遇到遠洋白鰭鯊，但在上水時發生了一件驚險的事。因為當時我們是乘接駁橡皮艇到潛點，所以我們結束後，也需要返回橡皮艇的，由於橡皮艇位置有限，迫使我們要一個一個在水面除去大部份裝備然後一個接一個爬上去。前文提過，鯊魚是有感應的，牠會留意到我們是否單獨一個，那問題就就來了，因為一個一個上水，也總會有最後的一個，事情就是發生在最後一個潛水員身上，她就是弱質纖纖的阿寶。原本計劃大部份人回到橡皮艇後，可

弱質纖纖的阿寶

我們乘接駁橡皮艇到潛點

以幫忙拉她上橡皮艇，她正在施施然地獨個兒在水面脫去鉛帶及BCD，當她回到船邊後，兩手用力按上橡皮艇的一旁時，雙腳便用力踢動，企圖將身體半游半按地推上橡皮艇，但是弱質纖纖的她，在第一次不成功後，因為水面劇烈的震動，就引來原本離開了的鯊魚再次出現。再加上當時是黃昏，是鯊魚開始活躍的時候，種種事情綜合起來，遠洋白鰭鯊又再次出擊了，嘗試撞向阿寶的蛙鞋。我們同行的團友發現後，立刻掉低手上東西，幾人合力一起拉她回到船上，此刻她還是懵然不知，回到橡皮艇後她還怪我們太大力扯她上來，事後我們才告訴她「鯊魚來襲」的事，但她竟還是哈哈大笑呢。

這件事就教曉我們也許一件小的事不足成事，但是綜合數件小事就會成為一件預料不到的事。雖然可能鯊魚只是打量一下她，加上團友眼明手快，不然結果就不是當時的好笑了。「鯊魚」在科學家眼中多多少少也帶點未知，每年也會有發現新品種、發現新常態等資訊，更何況普通人；或未有接觸過潛水的人對鯊魚更是零知識，更有人覺得所有「鯊魚」都像一部著名導演史提芬史匹堡的名作——*JAW*（大白鯊）裏所描述的大白鯊一樣，生性兇殘且每次出現也要見血。在 80 年代，此劇家傳戶曉，歷年來不斷重播，荼毒着世人對鯊魚的看法，出場時一定會在水面上盤旋而且背鰭外露在水面配上愈來愈高音的背景音樂「噔噔噔噔……」，以致很多人都會覺得在水下遇見鯊魚就像陸地遇上大灰熊般，九死一生，完完全全惡化了、醜化了牠們，事實上在數百種的鯊魚中，只有幾種才會對人類有威脅的。當然野生動物是有一定危險，但先了解再評論是很重要的，或許你會發現鯊魚的霸氣就是牠們可愛之處，更成為了我最喜愛的生物中的第一位。

　　大自然就是給所有生物共存的地方，鯊魚由侏羅紀至白堊紀已經出現了。有學者計算過，每年就有一億條鯊魚被獵殺，製成人類各種物品例如手袋、食物等等。但是最大的需求就是所謂的魚翅，可笑的是魚翅本身就是無味可言，所謂美味都只是調味料的味道，但偏偏這個文化，導致過度濫殺，令現今的鯊魚數量日漸減少。我們這個世代，要看野生鯊魚就要去到紅海、菲律賓、馬爾代夫，加上幸運才可遇到。若情

現今的鯊魚數量日漸減少

況持續，沒有改善，那下一代對鯊魚的知識便日益減少，可能不過兩代之後鯊魚就成為歷史，世人裏的傳說，只有在故事書中或資料冊中才能窺探究竟。

　　船宿其中一個好處就是可以每時每刻留意水裏的環境，遇到可遇不可求的時刻能夠把船停下，縱身一躍。

　　海豚一直都是和藹及友善的象微，在我心目中也帶來可遠觀而不可褻玩的姿態，帶點神秘，而牠們永遠在潛水員的 check list 佔一席位，包括我。在紅海潛水，最開心莫過於就是跟野生海豚一起潛水了，幸運

第一次跟海豚接觸就是浮潛了

的話甚至可以跟牠們浮潛。

　　早餐時，潛導跟我們說，早餐過後船長會開船在附近徘徊找海豚的蹤跡。當時大家興奮極了，早餐也是其次了，大家都手執一兩個麵包就回到房間準備了。因為水肺潛水後不可以自由潛水，所以第一次下水先以浮潛方式。原因是水肺潛水過後空氣中的氮氣有機會積聚在身體，如果之後自由潛水的話就有機會將已積聚的氮氣因壓力變化為氣泡而影響到身體，換言之如果有幸，第一次跟海豚接觸就是浮潛了。

　　簡報中提到，首先是船長或船員發現海豚出現後，便會敲響船的

大鐘，大家就要馬上準備好蛙鞋、面鏡、呼吸管等裝備去船尾集合，之後會分批登上橡皮艇出發並在海豚附近下水。當全船所有潛水員包括我自己，準備好裝備，蓄勢待發後，都紛紛參與搜尋海豚蹤影，大家都好像當上船員瞭望着海上每一個動靜，爭先成為首位發現者。等了十分鐘，也沒氣色，要當船員幫忙瞭望的潛水員愈來愈少；再多五分鐘，幾乎所有潛水員都放棄了；又再多五分鐘，所有人都各有各忙，有的聊天，有的返回餐廳繼續用膳，也有的返回房間補眠，而我還在不停想像着待會見到海豚應怎樣拍攝才是最好的設定。

時間一直過去，已經忘了有多久了。

叮叮叮叮。

突然大鐘被敲了，我第一時間一手將蛙鞋及背心防寒衣抱在懷裏，另一手拿穩相機，飛快跑到船尾。我的堅持是沒有白費的，我就是第一個到達船尾的人，陸續來了一個兩個三個，直至第一架橡皮艇足夠八個人。開橡皮艇的也是潛導，他命令我們四人為一邊坐在船的兩邊，以免失平衡，另一方面可以戴好面鏡，準備橡皮艇一到達海豚出沒的地方就可以跳下水，果然駛離潛水船不久，我們都真真正正見到牠們出現，還有不只一條，所有人都興奮至極！

到達後潛導不斷叫我們手腳快點，準備好就以背滾下水，我當然熟習得非常，蛙鞋一早穿好，面鏡也就緒而且右手按緊，左手拿好相

機。

「I'm Ready ！」我大叫着，眼看其他人都準備好了。

「One、Two、Three、Go ！」所有人一致地背滾下水，潛導也立即向前駛離我們，免得撞上。

眼前真是難以置信，人生在世多年第一次跟海豚那麼近。非常流線型的身體，皮膚看似滑滑的，額頭有明顯凸起，嘴喙比較短，上下頜骨較長。牠們時而獨行，時而連群結隊；有時會有一隻向你游來，有時會兩隻、三隻在一起好像玩耍似的，有時也會高速地游去另一邊，場面類似幼稚園淘氣的小朋友你追我趕一樣，氣氛和諧到不得了。回到潛水船上，在餐廳內，話題都是離不開海豚。原來人類面對大自然有時很純粹，單單十分鐘的水底接觸，大家就瘋狂了，海豚在海洋擔當的角色非常重要，哈哈，當然又離不開「船宿聊天定律」吧。

再一次見面，就是在我真正的潛水過程中。

潛點稱為 Dolphin House（海豚之家），顧名思義這個潛點就是牠們的家，該次潛水雖然在簡報上提及過「有機會」會有海豚的出現，但過程都過了一大半海豚還沒出現，大家都心裏有數，遇不遇上就視乎上天的決定。潛水都是這樣的，目標永遠都是在你沒有留意時出現。

忽然，一堆雜亂的聲音從耳邊傳入，原來是牠們出現了！牠們的

在紅海才有機會與野生海豚潛水

陸上觀光的行程

出現會帶給我們一堆非常高音的「吱吱吱吱」聲，因為海豚是用「回聲定位」的，用頭部的一個器官發出聲音，再用另一個器官接收聲音，而接收的聲音為附近所有東西定位，就像我們現代科技的「雷達」或是「聲納」。我從發出聲音的方向看過去，恰好就是一大群海豚以高速向我們游過來，之後還四散到我們每一個人附近，打量、玩耍、亂衝亂撞，非常高興。如果浮潛時牠們像幼稚園的小朋友你追我趕一樣，那麼這次我可以形容為當你走進主題樂園時，周圍可愛的角色在你身邊穿穿插插，好像每一個人都是主角般，簡直是非文字可形容，沒有時間限制，不用換氣，這次是「觀賞海豚自助餐」，牠們就像是表演者，大家開心之餘，牠們又樂在其中。

來到埃及，當然要參觀一下金字塔

　　返回陸地後，我還特意安排了陸上觀光的行程，因為既然來到神秘的埃及，又怎能不參觀一下金字塔、獅身人面像、感受浩瀚的沙漠？親身體驗勝過千言萬語，世界很大，人很渺小。從此紅海團成為了我們最受歡迎的潛水團，也令敲打着鍵盤的我相當懷念。

四皇島

　　如果你自問自己已經不算一個新手的潛水員，那印尼四皇島一定會是你的下一站。

　　四皇島，一個很有霸氣的名字，中文名字的由來是因英文 Raja Ampat 而成，Raja 是皇帝的意思，而 Ampat 就是四的意思。Raja Ampat 是源於當地一個神話，傳說中一個女人找到了七隻蛋，七隻蛋中有四隻孵化後並成為國王，成為了四皇群島中最大的四個島嶼，而另外三隻蛋孵化後則變成了鬼魂、女人和石頭。它坐落於之前曾提及過史上最大的海洋生態保護計

四皇群島坐落於最大的海洋生態保護計劃裏的「珊瑚大三角」內

劃裏的「珊瑚大三角」內，所以只是聽已知道潛水質素一定是有保證的。根據國際保護海洋組織曾經做過的調查顯示，四皇島是地球上已知最多海洋生物種類的地區，也是「珊瑚大三角」之中最多海洋生物種類的一個地方，大約全世界已知的 75% 的珊瑚品種也有在其中，更有超過七百種軟體動物、一千四百種珊瑚礁魚類等等，還有一些非常罕見的鯊魚品種也會在四皇島遇到，例如 Wobbegong Shark（鬚鯊），這一種鯊魚也是我這次出發的目標之一。

這趟的船宿，是我在疫情前的最後一個外潛。

我選了一艘比較有傳統風味的木船，外觀有點像「魔盜王」那種。

　　Raja Ampat 是群島之一，範圍頗大，所以必定是以船宿的方式潛水，而且要到達 Raja Ampat 也是極需要耐性的，就跟之前的 Sangalaki 差不多。香港到耶加達，再轉機到索龍，到達索龍後再要多坐一程船才到達船宿的潛水船。可以用「原始」來形容這個地方，但就是正正原始，就是潛水人會想到的地方。這次因為是第一次到 Raja Ampat，所以我選了一艘比較有傳統風味的木船，船身尖尖，高高的桅杆，還有頭後兩幅非常有標記性的帆，外觀有點像「魔盜王」那種。好多教練都會問到，你潛過這麼多地方，哪一個地方的海底生態是你覺得最漂亮的？而我自從潛入過四皇島之後，我的答案就是四皇島了，我甚至認為四皇島確實就是暫時全世界上唯一最豐富海底物種的地方。

　　Manta Ridge 是當中一個非常出名的潛點，一看便知道 Manta Ray 是它最大賣點，其次潛點中的水流，是我潛水歷史中

遇上最大水流的一次。在 Raja Ampat 的各個潛點中，每一個都是蔚藍色的，這個也不例外，不同的是它擁有非一般強的水流，就算大家由潛導口中了解了很多，這水流還是比想像中厲害。這次下潛也是用 Negative Descent 的形式下水，水相當清澈，下水後我們依照着潛導指示用最快的速度下潛並且「衝」到水底，還有盡可能到達水底後抓緊石頭，但事實是我們雖然看到眼前的目標，可是我沒有辦法可以以直線游過去，水流一直推着我們走，感覺就像在八號風球的海旁走一條直線，根本沒有可能。有見及此我一手抓住這次同行的 Ella 教練，以及另一個團友，而 Ella 教練又抓住另一個團友，就算真的被水流沖走，四個人也可以作個照應。後來我跟 Ella 帶上她們用上九牛二虎之力終於以最快的速度到達十多米的水底，仍比潛導給我們指示的位置差了一大段距離，最終我們四人到達水底後還像跑完一程賽跑似的一直喘不過氣來，休息一會才可以繼續行動。我們跟着潛導前行，慢慢到達 Manta Ridge，就像一個山上的一個平台，而平台大概在 5 至 8 米，而我們從山坡擋風的一面游向山坡向風的另一面，而平台就在我們的上方，水流開始強大起來，而另一方面主角—— Manta Ray 也跟隨強大水流開始出現了。我們開始從游的方式轉到用爬的方法前行，因為根本是沒辦法前進的，以蛙鞋的物理學上來説，吃盡水流，歷盡艱辛終於跟上潛導到達平台下的斜玻，而平台上就是不停在打轉的 Manta Ray，是非常大的一種魔鬼魚。牠們對所有來賓都視若無睹，有幾次牠們還接近得差點撞上我們。但在欣賞或拍照同時，我們也正正在水流最強之處，也是我過往潛水

對抗強大水流的回報，便是一睹 Manta Ray 的風采。

中，第一次需要使要流鉤的一次，如果剛才下潛的水流形容為八號風球，那當時一定是十號風球或是更高。我們四人在平台下就像四隻風箏似的，四隻在十號風球下的風箏，不斷被暴風吹着，身體也左搖右擺，倘若我不是在逆流當中，而是順流話，肯定面鏡也會被水流沖走。辛苦換來的就是每一個瞬間都是令人無法忘記的回憶，非常高的能見度，伸手可觸及的那種距離，同時間三、四隻在翩翩起舞，這一刻實在是難以形容。因為太大的水流，令我們在過程中耗用了太多空氣，所以在平台下可以停留的時間也不算太多要離開了，潛導説過如果水流太大做不了

安全停留也就直接放 SMB＊並以安全速度回到水面就好了，因為小艇會在水面看到後過來接應。

一、二、三，放開流鈎或抓着的石頭後，我們四個都順着一個方向沖走，而我也準備好放出 SMB 作安全停留或是作水面標記。不久奇怪的事情發生了，我們跟隨水流離開斜坡後不是只有向外，而且向下，大家也許沒有發覺，因為能見度太好的關係，常常會讓人失焦而不會太察覺的。當我察覺後，第一時間通知 Ella 教練，是下降流＊出現呀！雖然不是太大強度，但是也足以一下子帶我們到十多米了，再留意一下我呼出來的氣泡，有些已經不是正常的向上升，而是被下降流沖撞致在水中打轉。我一手捉着其中一個還未知道發生甚麼事的團友，再不停踢腳保持我們不斷上升，另一邊廂 Ella 教練也是一樣的做法，維持四個人在一起之餘又保持不斷上升，我判斷在這個情況要保持在五米完成三分鐘的安全停留是無可能的，我立即放出充漲好的 SMB，最後我們四個也成功回到水面。

雖然沒有做完安全停留，但沒有被沖走或沖到水底也算成功了，其後除拆裝備時，大家也都發現空氣尚餘差不多 30bar 左右，大家才意識到當時的緊急。所以我們在潛水間常常提醒潛水員如果氣樽尚餘 50bar 或之前就已經要準備離開了，原因是大家未必每次都猜得到離開

＊ SMB：Signal Marker Buoy，水面訊號浮標，一種潛水的安全裝置，讓水面的船或人了解你的位置或提示海面使用者有潛水員在浮標下方潛水，通常上升時潛水員會放出 SMB 讓船家知道你的上升位置。

下降流：一種向下的水流，會帶潛水員帶至更深的地方，若遇上強大的下降流，會在極短的時間內帶潛水員至 25 米或更深的地方。

時會發生甚麼事，用作以防萬一。這一次也不算是危險，其實當中好多事情也是預料或是可控制之內，這一次也是我第一次遇到下降流，回想起也帶點刺激！其實潛水不就是這樣嘛，欣賞海洋世界之餘，還帶點神奇的經歷。實際上潛水也不比任何一樣活動危險，好多時要處理意料之外的事，都是在各個階段的課程內學習到的。多實習，增加多點經驗，發生事情時冷靜點，所有東西其實都會在掌握之內。

四皇島應該是我去過最偏僻的一個船宿目的地，交通經過重重困難，荒蕪得幾天也沒有電話信號，甚至有連續幾天連經過的船也沒有看過，彷彿世界上只有我們的感覺。我在陽光明媚的時候躺在船頂上，感覺一下風聲，

四皇島是偏僻的地方，但海底十分美。

浪聲，鳥聲，還有嗅一下海水獨有的氣味，擁有難得的放鬆；到了晚上走出甲板，抬頭望上漆黑的夜空，在沒有山、沒有雲、沒有遮擋以及丁點光害都沒有下欣賞無盡的星星，甚至是我看過最多流星的一個地方。在沒有網絡的環境上，人與人之間也變得更投契，不論是潛水還是人生、職業、生活甚麼也聊個不停。我甚至即興給大家上了些魚類辨認的講解、基本水底攝影法，還有裝備保養分享，這些面對面而實實在在的互動是更加有感覺，令人更加有動力。這刻我們的身與心也回歸自然，體會另一種無價的享受。

開頭曾提及過 Wobbegong shark，十分幸運地在十數次下潛當中發現牠的蹤影，沒錯仍是我

Wobbegong shark 是我喜歡的鯊魚

喜歡的鯊魚。這個品種的鯊魚是非常罕見的，多是在澳洲或印尼出現，是 Raja Ampat 的常客，牠也是我要組團出發的原因，就是要一睹牠的風采。基本上如果沒有第一次找到或是看過牠的經驗，幾乎是沒有可能辨認得出牠們的，而我第一次看到 Wobbegong shark 也是由當地的潛導指出的。我記得牠當時是躲在一個石洞內，潛導示意我看的時候，我第一眼還是在找他找到甚麼，隔了一段時間我才發現出來，因為牠的外表有超強的保護色，還有迷彩斑紋，個人來說牠是超級有型的。外形扁平而長，平平的一塊鯊魚，又像地毯，頭部圍着不規則的「鬍鬚」，有看過鐵血戰士的話，牠就像是當中的外星生物，能捕捉到牠游動的一刻我覺得是最精彩的，類似一艘隱形戰機飛行。

這個九日七夜的四皇島船宿潛水之旅是在 2019 年聖誕節前出發，而到港就是 2020 年的 1 月 2 日，剛好跨過了兩個節日，還頗有意思的，而令我最有感覺的是可以在 12 月的最後一天在索龍街頭自行放煙火，也重拾久違了的新年放煙火。這是在疫情前的最後一個旅程，令我在撰寫此書時特別感觸，這也算是夢想工作的一個逗號，可能是給我多年來忙碌的生活一個休息或給整個生態休息一下。我期待在這個逗號之後所發生的事情更精彩、更豐富、更期待的是逗號過後，大家可以參加更多潛水活動，不論是本地的船潛、岸潛，還有出國的外潛，甚至繼續學習進階課程，只要是潛水就好了。潛水技巧好與壞從來也沒有捷徑，都是由潛水員自己一分一秒累積的，哪怕現在才開始學習潛水。潛水就是這樣，哪怕你不接觸，但一經愛上就難以戒掉。

一旦愛上潛水，就難以戒掉。

CHAPTER FOUR

保育
由潛水做起

保育由潛水做起

　　潛水員都是愛大海的，對周邊所有關於海洋的一事一物也都特別敏感。

　　近年不斷看到關於某個地方生態滅絕、哪個地方大自然被摧毀了的消息。其實由我出世、懂事之後，甚至到現在，都好像一直未聽過有哪個地方，因為開發或者發展後，生態會比未發展之前更好。我們每一分每一秒都是在消耗着大自然，而大家的分別就在於怎樣消耗。看過一些紀錄片或是文章記錄也知道，在好幾十年、好幾百年，海洋的生態是非常豐富

的，鯨魚、老蝦、鯊魚、大石斑、海豚都不是稀有動物，但人類一直覺得在海洋裏，一切一切都可以取之不盡，污染、填海、濫捕之下，許多都所剩無幾。我們作為金字塔最頂的一層更需要小心地使用，而潛水更是為保育作最好的教育。

每一個潛水員，或未來的潛水員，他們的最終目的都是想在海裏看到更多魚，無窮無盡的魚，所以我們當教練時也額外多了一份責任，就是教育每一個潛水員都要「開始」有一個好的保育意識，因為其實保育的意識不是每個人都有。這也怪不得誰，我們大多都是在石屎森林長大的，每天用到的食水、中式喜宴時的魚翅、外賣用到的即棄餐具、每日製造的垃圾等等都是比日常更日常的事。潛水員也有理想，想為心目中的海洋付出多一點，延續它的生命，不只是三年、五年、十年……。曾有人說「多一個潛水員就多一個保育者」，在這個世代，要做到每分每秒百分百環保或保育，根本就是沒可能的，但我相信只要是有「保育」意識，不多不少也可以有成效的，因為沒有一個潛水員在水底只想欣賞無盡的海。

要說保育，實際上有千千萬萬種的方法。

近年出現了一個好像是為了潛水人而設的個保育行動——清鬼網。「鬼網」是香港常見的海洋垃圾之一，「鬼網」是指在海洋中廢棄或落空的漁具，包括漁網、漁籠、漁絲等等，它們在海床會纏繞着誤闖

的生物及珊瑚，令其窒息、受傷、死亡，是一樣對海洋非常嚴重的傷害的東西。鬼網除了會影響海洋生態之外，同時也會對潛水員、浮潛人士甚至船隻航行也帶來一定程度的安全威脅，所以潛水界的不同人士也會經常組團清理。而且坊間更有一些手機程式讓大眾可以更方便及準確匯報遇見的鬼網，因為有好多時開船的人或潛水人士都是剛好遇上，而沒法即時清理，所以這些手機程式可以給大家先匯報後清理。當然清鬼網也需要一定程度的潛水經驗，或者有多幾個志同道合的潛水員會更好，可以互相照應一下。

另一個行動就是大家都耳熟能詳的——潛水執垃圾，這個行動比起清鬼網較易。有留意的話，其實坊間也定時有這類型的保育活動，一班潛水員會一同出海，潛下去收集水底垃圾，以我經驗每趟都是「豐收」的，比較嚴重是颱風後的日子。除此之外，其實我從潛水的教學中也默默散播了一些「種子」給學生，當是榜樣也好。雖然大型的執垃圾活動可能會是兩個月一次，三個月一次不等，但我認為執垃圾必須持之以恆做下去。我會在各個課程中的最後一、兩次下水中，「故意」在水中找一些垃圾，然後在學生前執起，再用一個習慣的手勢放在 BCD 的口袋中，令他們都知道教練每次看到垃圾都會盡量執起的。而為甚麼要在最後一、兩次下水中才如此做作，原因是如果在開始的數潛內發生，就會有學生因為上堂時還不穩定，為免他們分心，到了最後大家都差不多熟習了，穩定多了，教練的行為就慢慢成為了榜樣，一言一語都是他

們的仿效對象，所以教練的「故意」也可以成為他們的榜樣，從中不需要任何的硬銷說話，雖然行為是故意但是有時對象為成年人，身教比起言教效果更為顯著，有時每次的潛移默化比起一次大型的執垃圾活動更加有效，效果更加長遠。事實上，根據有關海洋組織的研究報告，有八成的海洋垃圾的來源是陸上，並且用任何形式流入大海的。而我比較想說一下近年流行的 Boat Trip（船上派對）。肉眼可見的固體垃圾固然需要減少，然而其實近年 Boat Trip 大船的所到之處也造成了大量污染。有很多人不了解在船上洗澡和在家裏的浴室有何分別，分別在於污水的處理，在家裏面用沐浴露洗髮水會經由污水處理廠再排出大海，但在船上這些含有大量化學物質的污水大多直接流入大海，造成海洋嚴重的傷害。有時當看到滿身太陽油的人由船跳落大海，不禁暗暗祈求那些是 Ocean friendly（對大海友善）的太陽油。

　　疫情之下，衛生與環保少不免形成對立的局面，一次性的口罩或保護衣、多了餐廳因為衛生提供一次性餐具、咖啡店暫時不容許自攜水杯、網上購物的過份包裝等等，令本來在香港大躍進的環保概念一再倒退，令我一想起亦感到無奈與心痛。因為每次爆疫期間，連自己有時對要衛生還是要環保也難以取捨，說到重用偶爾也有片刻猶豫。話雖如此，我仍會努力在可以做的範圍做得更好，積少成多，守護我喜歡的大海。

後記

　　在這段疫情期間，大家好像又回到上世紀
——「沒有旅行的日子」。

　　大家都多了閒餘的時間待在家中，本以為
寥寥數月這一切都會過去，怎料這一待，便待
了（截至目前為止）兩年多，抗疫之路亦恍似
沒有盡頭。大家都想出外吸口新鮮的空氣或是
舒展一下筋骨，在苦中找一點甜，所以世界各
地的人都在進行各式各樣的本地遊，甚至為了
別讓這兩年枉過而不斷尋找新興趣去學習，而
潛水亦成了大家的目標之一。

潛水活動在這兩年間也成為了大熱的活動，除了香港，眼看鄰近的台灣、日本也是，我想「戶外」的活動就是新方向。香港的潛水季節多是從 4 月開始到同年的 10 或 11 月，疫情就是差不多 2020 年 2 月開始在香港爆發，大家差不多用了兩、三個月適應所謂的新常態，剛好正值香港初夏，大家紛紛找一些可以保持社交距離及遠離人群的活動；再加上從多個國家的疫情新聞及網上的芸芸資訊中，突然傳冒出一個 CNN 報道員道出「離開疫症，水底就是唯一安全的地方。」再附贈一張潛水員的相片作背景，令大家從行山、露營、跑步等活動中再蜂擁般衝向潛水活動；更何況考一個潛水牌就是一輩子的事，大家既「防疫」之餘又可以寄望考了潛水牌待疫情完結後可以出國一展身手。

　　撰寫此書讓我有機會回望過去一點一滴，由一己之力到擁有自己的教練團隊，由教導潛水員到培育潛水教練，每步走來都不容易。慶幸能在節奏緊張的城市裏找到自己的步伐，我不需要走得快，只希望走得

更遠。還記得在 2017 年，因為潛水的關係，認識了一位導演，剛好當時他正想找幾位潛水教練可以替他安排一些水底安全的措施以及替主角或替身支援水中供氣，務求讓她們在水中的戲份是自在及安全的，而故事也是圍繞着這女孩在水中的發生的事。當時我聽到這工作當然是二說話不說就自薦了，對我來說這當然是一個千載難逢的機會，這根本就是學習和玩樂的一個機會。有否酬勞也不是我會考慮的因素，我亦沒有提問過，反正有或沒有我都會自動請纓的。整體來說其實是辛苦的，在水泡足兩小時是慣常的，在水中用盡空氣也有，但最開心的是，原來這套戲是有「外景」的，千算萬算也算不到又多了一個出國潛水的機會。這段日子非常長，足足橫跨了大半年，作品到差不多完成前，導演計算過支出收入後，為答謝我和我的團隊就給了我們一筆車馬費，好像每天數百元左右，沒有很多，但是這「車馬費」給我的意義就非常大了，因為這是從 2013 年到 2017 年內年除了教學得來的人工，那筆「車馬費」就是我真真正正以潛水工作換到的人工，收到的那刻是感動的。

我相信是機會儲多了，經驗也儲多了，有收入的工作也自然多了。付出往往是有回報的，只是多少與否。也可能興趣就是職業，工作上我從不跟人討價還價的，到了近年，多了一些有牌子機構找我宣傳，在我的社交媒體中下廣告，潛水用品店有、相機品牌有，各國的旅發局也有，和潛水有關的林林總總。託賴到了現在收入可算是全年也穩定了。除了 4 月到 11 月的潛季之外，各式各樣有關於潛水的工作，付薪

的無薪的也有，看看需要付出的多與少或個人的喜愛程度吧。

職業是無分貴賤，但有分喜惡的。

出現世紀疫症之後，我發現有很多人開始反思自己的生活，亦也許有些人無奈地失業了，開始去了解其他行業，幻想自己是否適合或需要離開現在的舒適圈，甚至有些人選擇創業，也有人找我了解以潛水教練為生可行嗎？我希望此書可以讓大家從中了解更多在香港以潛水作為職業是怎麼一回事，我是一個十分樂觀，以及二十分正面的人，雖然到現在自己仍不太覺得我的人生算得上甚麼超勵志故事，但我覺得有時人生就是要這樣，接觸多一點，那怕只有一字或一句令你振奮也就已經足夠了，要踏出舒適圈是需要勇氣，而「不回頭」、「向前衝」也是另一種勇氣來的。

我沒有甚麼特別的宗旨，就是不喜歡往後看，還有喜歡做一些其他人不做的事。

記得，《那些年，我們一起追的女孩》嗎？有一幕最震撼我的就是柯景騰在大家的畢業旅行中，正在娓娓道出畢業以後想做甚麼時，他最後一個壓軸說出：「我想成為一個很厲害的人，因為有了我，讓這個世界而有一點點的不一樣。」

我不用做一個很厲害的人，但我也想做一個「因為有了我，讓這

個世界而有一點點的不一樣」的人，希望大家找到屬於你的「夢想工作」。

最後感謝所有曾經翻閱過《天堂潛水員》或是此書的你，希望有更多的機會可以為大家分享更多關於潛水和海洋的點滴。藉此機會向所有成就過我的大家致以萬二分的感激，排名不分先後，天堂潛水員仝人，台灣觀光協會香港辦事處、Olympus Digital Solution，Scubapro Asia、ProDive（美國潛水會）的所有同事，TripTaiwan 的 Catherine，泰國政府旅遊局（香港）仝人以及 Vickie，也多謝為我動筆寫序的謝茜嘉和梁彥宗。

書　　名	海底辦公室——天堂潛水員日誌	
作　　者	章英傑	
責任編輯	郭坤輝	
美術編輯	郭志民	
出　　版	天地圖書有限公司	
	香港黃竹坑道46號新興工業大廈11樓（總寫字樓）	
	電話：2528 3671　傳真：2865 2609	
	香港灣仔莊士敦道30號地庫（門市部）	
	電話：2865 0708　傳真：2861 1541	
印　　刷	亨泰印刷有限公司	
	柴灣利眾街27號德景工業大廈10字樓	
	電話：2896 3687　傳真：2558 1902	
發　　行	聯合新零售（香港）有限公司	
	香港新界荃灣德士古道220-248號荃灣工業中心16樓	
	電話：2150 2100　傳真：2407 3062	
出版日期	2022年6月／初版